HARLEQUIN®
ℛecrea el tiempo para ti™

Deseo®

EMBRUJO GITANO
Cathie Linz

HARLEQUIN®
ℛecrea el tiempo para ti™

NOVELAS CON CORAZÓN

Editado por HARLEQUIN IBÉRICA, S.A.
Hermosilla, 21
28001 Madrid

I.S.B.N.: 84-396-6312-9
Depósito legal: B-6424-1998
Editor responsable: M. T. Villar
Diseño cubierta: María J. Velasco Juez
Composición: M.T., S.A.
Avda. Filipinas, 48. 28003 Madrid
Fotomecánica: PREIMPRESIÓN 2000
c/. Matilde Hernández, 34. 28019 Madrid
Impresión y encuadernación: LITOGRAFÍA ROSÉS, S.A.
c/. Progreso, 54-60. 08850 Gavá (Barcelona)
Fecha impresion para Argentina: 9.8.98
Distribuidor exclusivo para España: M.I.D.E.S.A.
Distribuidor para México: INTERMEX, S.A.
Distribuidores para Argentina: interior, BERTRAN, S.A.C. Vélez
Sársfield, 1950. Cap. Fed./ Buenos Aires y Gran Buenos Aires,
VACCARO SÁNCHEZ y Cía, S.A.
Distribuidor para Chile: DISTRIBUIDORA ALFA, S.A.

Capítulo Uno

Un grito sacó a Michael Janos de un profundo sueño. Aunque había dejado la academia de policía y trabajaba en seguridad corporativa, algunas respuestas se habían vuelto instintivas en él.

Reaccionando velozmente, agarró los pantalones que había dejado sobre una silla, poniéndoselos sin dejar de avanzar hacia la puerta del apartamento. Le había parecido que el grito provenía del apartamento que estaba encima del suyo. Con los pies desnudos, a pesar de las bajas temperaturas de un frío noviembre, corrió escaleras arriba y soltó un taco en húngaro al golpearse el dedo gordo con un escalón. Al llegar ante la puerta, la golpeó violentamente.

—¡Señor Stephanopolis! ¿Está ahí? Soy Michael Janos.

El hombre abrió lentamente la puerta.

—¿Qué ha pasado? —preguntó Michael—. He oído un grito.

—He sido yo —replicó el señor Stephanopolis con aire enfadado—. Estaba en la ducha y de pronto se ha ido el agua caliente. Casi se me congelan mis partes privadas. Tiene que arreglar ese calentador antes de que pase una desgracia.

Ya había pasado una desgracia, pensó Michael mirándose el pie que empezaba a hincharse. A los seis años se había roto ese dedo al tirarse de una silla y sólo esperaba no haber repetido la historia.

—¿Me ha oído? —preguntó el hombre apretándose la bata de baño sobre su prominente barriga.

–Le he oído –le aseguró Michael sin ironía. Eran las seis de la mañana y no había dormido más de tres horas–. Estoy seguro de que todo el edificio le ha oído.

–¿Y va a hacer algo respecto al agua caliente?

–Ya sabe que he puesto un anuncio para contratar a alguien que se ocupe de los arreglos del edificio. Mientras tanto llamaré a un fontanero, pero no olvide que estamos en el fin de semana del día de acción de gracias.

–Ya vino un fontanero la semana pasada.

Y casi había terminado con los nervios de Michael.

–Mire, mañana haré un par de entrevistas. A ver si conseguimos un supervisor que se ocupe de todo.

Las esperanzas de Michael volaron en cuanto entrevistó al grupo de aspirantes, todos ellos tan apagados y poco hábiles como la lámpara fundida que les hizo cambiar para comprobar sus supuestas habilidades manuales. Si como electricistas no valían nada, era mejor no ponerles a prueba en el oscuro arte de la fontanería.

Mientras tanto, el experto en calderas no había asomado la nariz, ni ninguna otra parte de su anatomía, aunque había jurado acudir a la llamada de Michael.

El señor Stephanopolis había decidido manifestar su desagrado por la falta de agua caliente, desfilando por su apartamento con las botas de la segunda guerra mundial puestas. Su esposa, una mujer voluminosa, se había unido a la marcha de protesta. Puesto que Michael estaba justo debajo de la manifestación, no había podido descansar en todo el día.

Un golpe suave en su puerta le pareció una posible respuesta a sus ruegos hasta que vio quién estaba fuera. La señora Wieskopf y la señora Martinez se acompañaban, ambas confiadas en que la unión hace la fuerza. Las dos ancianas damas compartían el apartamento de la primera planta contiguo al suyo y si su golpe en la puerta era tímido, sus rostros no mostraban la menor mesura.

—Señor Janos, ¿se da cuenta de que no hay agua caliente en la casa? —preguntó una de las dos mujeres.

—Ya lo sé. Ya he llamado al fontanero.

—Nosotras lavamos los sábados, señor Janos. Y la ropa blanca no queda bien con agua fría.

—Además, ya vino un fontanero la semana pasada —añadió la señora Martinez.

—Lo siento, señoras mías, pero hago lo que puedo.

Con una mirada de censura, las dos regresaron a su apartamento.

Michael estaba a punto de renunciar al proceso de selección cuando recordó que había otro aspirante. Miró el reloj y frunció el ceño. De momento, el tipo se retrasaba. No era una buena señal.

En aquel momento, Michael escuchó el zumbido ahogado del timbre exterior que indicaba que alguien estaba fuera. Como el telefonillo estaba roto, no pudo preguntar quién era, de manera que abrió su puerta y salió al pasillo.

A través de los cristales de la puerta interior observó al cartero que esperaba en el vestíbulo y parecía profundamente agraviado por algún motivo.

—Tengo un envío para usted —dijo el hombre tendiéndole un paquete y mostrando por su tono de voz que desaprobaba que Michael recibiera paquetes y complicara así su ruta—. Y su buzón exterior está roto y se cae. Debería arreglarlo.

—Es una casa vieja —dijo Michael.

—Es un elefante blanco —replicó el cartero—. Axton hizo bien en deshacerse de él.

Y se había deshecho de él, desde luego, dejándolo en las manos de Michael. Michael había aguantado mucho a David Axton, pero cuando éste no le pagó el trabajo de seguridad que había hecho para su compañía, se vió obligado a llevarle a juicio: así había adquirido de forma involuntaria aquella monstruosidad de mansión victoriana llena de apartamentos de alquiler, al declararse Axton en bancarrota.

—Algún día valdrá mucho —le había dicho Axton al salir del tribunal—. Sólo necesita unos pequeños arreglos. Está en una zona que gusta a los ejecutivos, así que no sueltes la propiedad y te darás cuenta de que te he pagado de más.

Seguro. De momento, Michael no llevaba más de un mes en la comunidad y ya sabía lo que le esperaba: dolores de cabeza.

El portazo le indicó que el portero había salido, dejándole en el vestíbulo de la mansión con el misterioso paquete entre manos. Mirándolo con cautela esperó que no fuera otro de los juguetitos de sex shop que Axton había encargado en los últimos meses y que seguían llegando a su nombre.

Pero, no, la dirección había sido escrita por una mano apresurada y le llamaba Micklos, como nadie hacía. Mirando el remitente, se dio cuenta de que no le decía nada. Pero los sellos decían «Magiar Posta».

De manera que venían de Hungría, pero él ya no conocía a nadie en Hungría. Sus padres habían emigrado en los sesenta, cuando él era sólo un niño.

El paquete tenía toda la pinta de haber viajado en camello desde China. Más o menos como él tras un día en la mansión victoriana.

6

Alzó el paquete hasta su oído y lo movió, pero entonces sintió un agudo dolor de cabeza y se estremeció, y al hacerlo, apartó el pie con el que sostenía abierta la puerta acristalada que separaba la entrada del pasillo. La puerta se cerró, dejándole bloqueado fuera de su casa.

Soltando un taco en húngaro, Michael tiró del picaporte y se encontró con éste en la mano, definitivamente roto.

Brett Munro miró la hoja de papel que tenía entre manos y comprobó una vez más la dirección: 707 de Love Street. Pues sí, era allí, aunque pareciera más una mansión decadente que un edificio de apartamentos. Pero recordaba que muchos años atrás ésa había sido una zona rica de Chicago. Ahora luchaba por su renovación urbana, como tantas otras.

Brett sabía mucho de lucha. Y cuando abrió la puerta exterior, se encontró con un hombre alto y moreno luchando también, intentando colocar un picaporte en la segunda puerta. El hombre no llevaba abrigo y era evidente que se había quedado fuera sin querer y sin llaves.

—A lo mejor es buena idea que use el telefonillo para que alguien le abra —sugirió.

El hombre se dio la vuelta y Brett se sobresaltó ante la belleza oscura de aquel rostro. No era un hombre convencional, y su cara era demasiado delgada y grave. Parecía esculpida en ángulos duros y sombras misteriosas marcaban los pómulos altivos.

Estaba lo bastante cerca como para comprobar el extraordinario color de los ojos: un color avellana, casi dorado, de una profundidad inesperada. Nunca había visto unos ojos así: y no la impresionó sólo el variable color, sino la expresión feroz que la hizo sentirse cómo si se hubiera metido en el corazón de un tornado.

–¿De dónde sales? –preguntó el hombre.

–De la calle –dijo Brett–. ¿Quiere que le arregle eso?

Michael se puso el picaporte contra el pecho, gesto difícil pues ya llevaba un paquete arrugado y la miró con recelo.

–Ya he tenido a demasiada gente queriendo arreglar cosas por aquí.

–Es una hermosa casa –dijo con admiración Brett observando los cristales de la puerta cerrada.

–Es un lugar de alto riesgo –dijo él con mal humor siguiendo su mirada–. Este sitio se está cayendo a pedazos.

–¿Por eso vive aquí?

–No tengo más remedio.

Brett también sabía lo que era tener pocas opciones. Pero se recordó que había dejado atrás aquella vida limitada.

–¿Qué impresión tiene del propietario del edificio? –preguntó.

–El tipo es un imbécil –gruñó Michael, deseando tener a mano a Axton para decírselo a él.

Su apasionada réplica sorprendió a la joven. Michael vio cómo se abrían sus ojos azules, de largas pestañas que contrastaban con la piel blanca y cremosa. Se preguntó a quién vendría a ver en el edificio.

–¿Va a llamar a alguien para que podamos entrar?

–El telefonillo no funciona. Y aunque funcionara, los inquilinos son medio sordos –se refería a sus vecinas y al señor Stephanopolis y sintió cierta culpabilidad al hablar así de ellos.

–Si no funciona el telefonillo, sólo podemos hacer una cosa –dijo Brett–. Poner el picaporte en su sitio –al observar su mirada iracunda, añadió–: Mire, sé lo que hago. De hecho estoy aquí para una entrevista de trabajo como supervisor del edificio. Y parece un puesto perfecto para mí.

La expresión del hombre se oscureció aún más.

–¿Qué historia es ésa?

–¿Perdone?

–Es usted una mujer.

–Desde luego. ¿Y qué?

–El anuncio que puse decía que buscábamos a alguien con experiencia. Un hombre capaz de arreglarlo todo...

–¿Usted? Pero si me ha dicho que el dueño es un imbécil.

–Ese es el que me dejó el sitio. Yo no soy más que un pobre idiota que se encuentra atrapado por esta monstruosidad.

La mirada de la mujer expresaba claramente que le consideraba un idiota por poner en duda sus habilidades. Era bastante guapa, con el pelo negro muy corto y aquellos ojos azules con pestañas espesas. Y a juzgar por las pecas sobre su bonita nariz, debía tener sangre irlandesa. Parecía voluntariosa.

–Ya que es usted el pobre idiota propietario –dijo Brett–, será mejor que la entrevista siga dentro. Hace frío aquí fuera. ¿Va a darme el picaporte o no?

–No –dijo él.

La mujer suspiró.

–¿Por qué no?

–Porque ya tengo bastantes problemas. No quiero que las cosas empeoren.

–¿Qué le parece si le indico cómo arreglar el picaporte, sin tocarlo? –sugirió Brett con la paciencia de una madre dirigiéndose a un bebé que se niega a tomarse la papilla–. Tengo herramientas aquí...

–abrió su bolso y sacó una navaja suiza con toda clase de mini herramientas.

–Ya lo hago yo –dijo Michael quitándole la navaja. No se atrevía a darle el picaporte por si salía corriendo con él para vengarse. Parecía muy ofendida–. ¿Cómo ha dicho que se llamaba?

–No lo he dicho. Me llamo Brett. Brett Munro.

–Había firmado B. Munro la carta que recibí –señaló en tono acusador Michael mientras le tendía su paquete y le daba la espalda.

–Así evité que no me recibiera –replicó Brett–. Estamos en un mundo lleno de prejuicios.

Michael no la escuchaba. Estaba muy orgulloso de haber colocado el picaporte en su sitio. Se inclinó para atornillar el manillar, mientras pensaba que el trabajo manual no era tan difícil, al fin y al cabo. Todo consistía en tener las herramientas adecuadas...

–Tiene que girar el destornillador hacia la derecha –le informó la joven secamente. Era cierto que de momento estaba sacando todo el marco metálico de la madera.

Mascullando un taco, apretó el tornillo y pasó al siguiente. Cuando lo consiguió, buscó en su cartera y sacó una tarjeata de crédito que introdujo en la ranura de la puerta. La sostuvo recta, le dio un golpe al cerrojo y abrió la puerta.

–Eso lo ha hecho demasiado bien –dijo Brett frunciendo el ceño.

–Por eso tengo que poner más cerrojos. Pero el tipo que prometió venir tiene una lista de espera de un mes.

–Yo puedo poner todos los cerrojos.

–Seguro que sí. Pero, ¿saber arreglar un calentador de agua? –replicó Michael seguro de la respuesta.

Pero ella dijo:

–Depende de lo que esté estropeado.

–Si supiera lo que está estropeado, lo arreglaría yo –declaró Michael, ofendido.

No le gustó nada la mirada de sorna que se ganó con su comentario.

–¿Ha sido alguna vez supervisora o administradora de un edificio? –preguntó Michael, tomando el paquete y devolviéndole su navaja suiza, mientras se dirigía a su apartamento. Al menos aquella puerta no se había cerrado, gracias a Dios.

–No –dijo ella mientras miraba su casa con interés.

–¿Por qué debería contratarla si no tiene experiencia? –acusó Michael.

–No he dicho que no tenga experiencia. He dado clases de arquitectura, tengo nociones de construcción. Mientras las chicas jugaban con muñecas, yo jugaba con martillos. Puedo arreglarlo todo.

–¿No podrá con el horno? –dijo señalando el desastre de su cocina.

Ella asintió.

–¿Puede arreglarlo? –preguntó Michael, incrédulo tras lo que había visto por la mañana.

La joven entró en la cocina y miró a su alrededor.

–¿Tiene una caja de herramientas? –preguntó–. No he traído la mía.

¿Qué clase de pregunta era esa? Todo hombre que se respeta tiene una caja de herramientas, aunque no sepa cómo usarla. Se la tendió y se dijo que no podía estropear más las cosas de lo que ya estaban.

Mientras Brett se dedicaba a luchar con su horno, Michael abrió el paquete que acababa de recibir, lo que no fue fácil, pues estaba atado y envuelto en múltiples capas. Mientras deshacía el paquete, volvió a sentir el repentino dolor en su nuca, cómo si su dolor de cabeza estuviera misteriosamente conectado con aquel envío. Por fin logró deshacerse del papel: dentró había una caja de cartón hecha con un paquete de jabón de lavadora húngaro. Dentro, más papeles de periódico arrugados.

Por fin, su dedos encontraron algo sólido. Algó cálido. Pero no podía agarrarlo con todos los papeles. Los fue sacando hasta que encontró un trozo de papel blanco que sobresalía, con la misma escritura del sobre. Tomó el papel y leyó:

> *Hijo mayor de Jano:*
> *Es hora de que conozcas el secreto de nuestra familia y bahtali, la magia que es buena. Pero poderosa. Te mando esta caja y te cuento la leyenda. Me hago vieja y no tengo tiempo ni palabras para una larga historia, así que haz que te la cuenten tus padres. Pero debes saber que sólo esta magia te permitirá encontrar el amor dónde lo busques. Úsalo con prudencia y tendrás mucha felicidad. Úsalo con malos propósitos y tendrás miseria.*

Michael tuvo que guiñar los ojos para leer la firma retorcida, pero por fin decidió que era de una tal Magda. No recordaba parientes en Hungría, pero pensándolo mejor se acordó de haber oído hablar de una tía abuela Magda.

Volvió a leer la extraña nota. La magia de los gitanos. Su padre tenía sangre gitana, pero Michael nunca había oído hablar de secretos de familia. Además sus padres acababan de salir para un crucero por el Pacífico y no podía preguntarles qué era aquella locura.

Mirando de nuevo el recipiente de cartón, esta vez pudo distinguir algo... ¿una caja? Lo sacó y comprobó que se trataba de una caja de metal con grabados intrincados en su superficie y marcas extrañas, lunas y estrellas entre otros signos.

Preguntándose qué contendría, Michael levantó la tapa...

Capítulo Dos

–¡Ya está! –anunció Brett desde la cocina.

Los ojos de Michael viajaron de la caja a la mujer.

–¿Cómo?

–He dicho que he arreglado el horno. Ya funciona. De paso he puesto una bombilla que estaba tirada en la cocina. ¿Pasa algo?

Michael cerró un instante los ojos pues su cabeza daba vueltas. De pronto se sentía muy raro, como si tuviera gripe. Eso explicaría el calor que llenaba su cuerpo. Era su sugestionable imaginación lo que le hacía pensar que el efecto extraño provenía de la cajita que tenía en las manos. No, tenía que ser una gripe. Un final perfecto para un día miserable.

Volvió a guiñar los ojos, contento al comprobar que veía con claridad a la joven. Se había quitado el chaquetón y llevaba un suave jersey del mismo azul que sus ojos y que se adaptaba a sus curvas. Seguía en el umbral de la puerta, iluminada por la lámpara recién arreglada, lo que creaba un misterioso halo alrededor de su cabeza. Era una ilusión óptica, pero le dejó sin aliento. En aquel momento, estaba muy bella.

Brett miró a su vez a Michael, capturada por la poderosa mirada de sus ojos color miel, tan atrapada como si la hubiera atado de pies y manos. Había visto escenas así en las películas, pero nunca le había ocurrido algo similar. Aquello era un principio. Un principio dramático. Algo estaba ocurriendo, algo que tendría importantes consecuencias para su vida. Lo sentía en lo más profundo de su alma. Su corazón latía con fuerza ensordecedora y se le había olvidado respirar.

Entonces, la misteriosa cajita se movió en las manos temblorosas de Michael y la tapa se cerró. El sonido seco puntuó el espeso silencio entre ellos, como un punto final.

Al ver que Michael oscilaba, Brett salió de su ensoñación y corrió hasta él para poner su hombro bajo su brazo. Le pareció que debía hacerlo, aunque la proximidad del hombre generó una corriente de deseo en su espina dorsal.

–Déjame que te ayude o te vas a caer –dijo, quitándole la caja que sostenía y dejándola sobre el aparato de música–. No tienes muchos muebles –comentó mientras le ayudaba a sentarse en el único sillón desvencijado de los alrededores.

–No necesito malditos sofás –masculló el hombre mientras cerraba los ojos y tomaba aire.

¿Malditos sofás? El pobre estaba delirando. Estaba muy pálido. Sexy como pocos, pero pálido. Le puso la mano en la frente y dijo:

–¿Has comido algo?

–Hablas como mi madre.

–Contesta a mi pregunta. ¿Qué has comido hoy?

–He comido problemas hasta tener una indigestión.

–¿Y además algo alimenticio? –preguntó burlonamente Brett.

–No, hoy ha sido un cóctel de problemas a palo seco.

Brett disimuló una sonrisa. Así que el tipo tenía sentido del humor.

–Te sentirás mejor si comes algo –apuntó.

–Eso suele decir mi madre.

–¿Qué encontraré si abro la nevera?

–No tengo ni idea. No suelo abrirla mucho.

Brett optó por mirar en los armarios de la cocina y encontró unas latas de sopa.

–¿Qué prefieres? –preguntó sin volverse–. ¿Verduras frescas o crema de champiñones?

–Prefiero que arregles el agua caliente –dijo, mirando al techo como si pudiera ver al matrimonio Stephanopolis continuando su marcha militar.

Brett también miró el tejado, fijándose en la bombilla que oscilaba en cada taconazo de las botas, y le miró con comprensión:

–Parece que hay gente enfadada en la casa.

–Si fueran los únicos –masculló Michael.

–La sopa estará lista en un segundo. He elegido la crema. Con unas tostadas... –mientras le explicaba lo que estaba haciendo, terminó de prepararlo y se lo llevó en una bandeja–. Con cuidado, está caliente.

–Gracias –dijo Michael con recelo.

Ella sonrió como si supiera lo que le costaba decirlo.

–Si arreglas el calentador tan rápido como haces sopa, el trabajo es tuyo –dijo Michael sin pensarlo.

Brett agarró la caja de herramientas y dijo:

–Voy a mirarlo. ¿Está en el sótano?

Él asintió, con la boca llena de sopa.

–No te preocupes, ya lo encontraré –dijo Brett con una sonrisa.

¿Cómo no iba a preocuparse? No hacía otra cosa. ¿Cómo se le había ocurrido ofrecerle el trabajo si arreglaba el agua caliente? La desesperación le jugaba malas pasadas, combinada con el hambre y la falta de sueño.

Michael dejó su plato vacío en el suelo, pues no tenía mesa. No recordaba haber cerrado los ojos, pero cuando los abrió de nuevo, se encontró con Brett mirándole con una sonrisa triunfante mientras mostraba una llave inglesa.

–¡Ya está! –anunció–. El agua caliente funciona a la perfección.

–¿Qué le pasaba al calentador? –preguntó Michael poniéndose en pie–. Bueno, mejor no me lo digas –dijo yendo a la cocina. Abrió el agua y salió un chorro ardiendo. Maldición.

Sabía que tenía que haber dado gracias al cielo mientras escuchaba las exclamaciones de contento de los vecinos de arriba. Había encontrado al supervisor de sus sueños, que resultaba ser una mujer y una mujer que le ponía muy nervioso.

Pero nadie podría decir que Michael Janos no era un hombre de palabra. Le había prometido el puesto y lo tendría. Pero dudaba mucho de que quisiera conservarlo. En cuánto viera cuánto trabajo suponía el viejo edificio, se marcharía. Como lo haría cualquier persona sensata.

–El apartamento es pequeño –advirtió Michael mientras abría la puerta.

–No importa, no tengo muchos muebles.

–Y necesita arreglos –añadió antes de dar un empellón a la puerta atascada.

–Soy un genio de la pintura –replicó Brett.

¿Qué hacía falta para desanimar a aquella mujer?, se preguntó Michael. Pero entonces se distrajo ante la imagen de la luz del sol dándole en el pelo, lo que le recordó la visión que había tenido un rato antes, una visión que le había hecho marearse y dejar de respirar.

–¡Es genial! –exclamó–. Las ventanas están al sur, por eso hay tanta luz aunque estemos al nivel de la calle.

–Son ventanas pequeñas –gruñó Michael.

–El tamaño depende de la perspectiva –rió la joven, pero lo miró defensivamente como si aún temiera que cambiara de opinión.

–Será... –dijo Michael y decidió callarse y volver a pensar. ¿Qué tenía aquella mujer que le hacía

17

tropezar con las palabras? Como acababa de apuntar ella misma, no era una mujer grande, aunque
el jersey azul mostraba un cuerpo gracioso y bien
formado. Tenía un rostro dulce. Ojos dulces, labios dulces, llenos, sensuales. Se estaba mordiendo
el labio inferior mientras miraba el cuarto, concentrada en la zona de cocina que separaba una
barra.

–Todo funciona –declaró Michael al ver que
Brett abría la nevera y miraba dentro–. Creo que es
la única cocina del edificio que funciona –añadió
con mal humor observando los muebles–. Me han
dicho que ese color horrible estuvo de moda un
tiempo.

–Aguacate –explicó Brett.

–Nunca lo tomo.

–Me refería al color de la cocina. En los sesenta
era típico este color.

–Lo que significa que esa nevera es tan vieja
como yo –dijo Michael.

Brett se volvió para observarlo con la misma seriedad con la que había examinado la nevera. La ligera hostilidad que había sentido hacia él en el vestíbulo se había evaporado. Ahora sólo le intrigaba
aquel hombre. Lo que no era necesariamente
bueno. Al fin y al cabo, iba a ser su jefe.

Ladeando la cabeza, lo miró directamente a los
ojos, buscando una respuesta. Pero sólo encontró la
misma curiosidad hacia ella. Tenía unos ojos realmente increíbles, que llegaban al alma con su soberbia combinación de luz y sombras. Le parecía
que podía pasarse la vida mirándolos, o más bien
que lo había hecho ya en otra vida, lo que era una
idea absurda fruto de su imaginación desatada.
Puesto que nunca se habían visto antes. No hubiera
olvidado un rostro así. Había una nobleza mezclada
con algo salvaje en cada hueso, desde los altivos pómulos al elegante dibujo de la mandíbula. No había

nada clásico en él salvo el hecho folclórico de que creyera que una mujer no podía realizar un trabajo manual. Se obligó a apartar la vista de su cara, lo que le dolió cómo quitarse una venda adhesiva de una herida.

–Debería presentarle a los inquilinos –dijo abruptamente. De acuerdo, si el apartamento no había logrado desanimarla, el extraño grupo que ocupaba la casa lo haría. Si es que tenía sentido común. Y si no, le bastaría con conocer la lista de quejas de cada uno de los inquilinos.

Mientras la conducía escaleras arriba, al apartamento pegado al suyo, se sentía cómo si llevara un cordero al matadero. Las dos ancianas podían parecer almas inofensivas, pero eran duras como clavos.

Llamó a la puerta. Tuvo que tirar la puerta abajo para que lo oyeran. Abrió la señora Weiskopf y preguntó a bocajarro:

–¿Ha venido a arreglar el grifo que gotea de mi cocina?

–No, pero ella sí –respondió Michael.

La anciana señora dirigió sus ojos hacia Brett.

–¿Dónde tiene las herramientas? –dijo con mal humor–. ¿Es esto una bromita?

–Nada de broma, señora Weiskopf. Le presento a Brett Munro, la nueva supervisora del edificio.

–Sólo faltaba que tuviera que buscar a una mujer para hacer un trabajo de hombre –replicó la señora Weiskopf alzando la nariz.

–¿Quién está en la puerta? –preguntó su compañera de piso, la señora Martinez–. Se va todo el calor.

–En esa comida picante que estás haciendo hay calor suficiente para caldear todo el edificio –fue la respuesta de la señora Weiskopf.

–¿Es su novia? –preguntó la señora Martinez a Michael con la curiosidad de una celestina nata.

–No, es la nueva supervisora. Acabo de contratarla.

–¿Contratarla? –repitió la señora Martinez alzando las cejas. Bastante más alta que su compañera, era también mucho más pesada. Su pelo negro estaba veteado de canas, pero el de la señora Weiskopf era completamente blanco. Brett no hubiera podido decir cuál de las dos mujeres tenía más años. Sí tenía claro que la señora Martinez adoraba formar parejas, mientras que la señora Weiskopf sólo quería que la arreglaran el grifo. Eso sí que podía hacerlo.

–Si quiere que mire ahora el grifo que gotea, me haré una idea de lo que pasa. Más tarde me pasaré con las herramientas.

–¿Más tarde? –Michael y la señora Weiskopf lo dijeron al unísono.

–¿No quieres que empiece hoy mismo? –la pregunta se dirigía a Michael.

–Sí... claro.

–Esta tarde será perfecto –interrumpió la inquilina–. Venga, le voy a enseñar. El baño no funciona bien. La cisterna suelta agua todo el tiempo.

Veinte minutos más tarde, Brett salía de la casa de las dos señoras perseguida por sus alabanzas y con la comida entre las manos, el guiso de carne en una bolsa y la salsa picante en un bote, aportación de ambas mujeres.

Michael no daba crédito a sus ojos. En las semanas anteriores, le habían tratado siempre como si fuera personalmente culpable de todas las desgracias acaecidas en sus largas y complicadas vidas. Y ahora, simplemente porque Brett había jugueteado con su cisterna y prometido apretar un grifo de la cocina, se comportaban como si fuera una santa caída del cielo.

–¿Quién es el siguiente? –dijo la joven alzando la ceja.

La llevó directamente al segundo piso, a visitar al matrimonio Stephanopolis. Las dos viejas podían ser duras de pelar, pero eran ratoncitos comparadas con el carácter de arriba.

Pero una vez más se había equivocado. Antes de que pudiera llamar a la puerta, el señor Stephanopolis había abierto y estaba besando las mejillas de Brett y exclamando su alegría en griego.

Habiendo oído historias de los celos legendarios de su esposa, Michael pensó que sería mejor para Brett deshacerse cuanto antes del exuberante abrazo del señor Stephanopolis.

–La señora Martinez nos ha llamado y nos ha contado que ha llegado un ángel para salvarnos –explicó el hombre mientras Michael tomaba a Brett por el brazo para ayudarla a desasirse de las manos del griego, logrando tan sólo parecer posesivo.

Brett fue sacudida por una sensación mareante de placer y encantamiento. Sentía el pecho de Michael tras ella y las manos del hombre en sus codos. Le echaba el aliento en la nuca, provocando un escalofrío en su espalda. No solía sentir tanta excitación por un abrazo tan casual.

–Creí que me habías dicho que la chica no era la novia de Michael –comentó la señora Stephanopolis cuando se reunió con su esposo en el pasillo.

–No lo soy –dijo Brett rápidamente, separándose de Michael y del encantamiento–. Soy la nueva supervisora del edificio.

–En mis tiempos, las mujeres no hacían esa clase de trabajo –comentó con censura la señora Stephanopolis.

–Me alegra que el agua caliente funcione de nuevo –exclamó su marido–. Esta mañana casi se me congelan mis partes privadas.

–Esta chica no quiere oír nada de tus partes privadas –declaró su mujer con furia helada.

Mientras el matrimonio se ponía a discutir en griego acaloradamente, Michael fue sorprendido por una mirada divertida de Brett. Su rostro tenía un brillo que aumentaba su presión sanguínea, entre otros efectos.

Pero Brett le sorprendió aún más cuando se puso a hablar en griego, un hecho que provocó el momentáneo silencio de la pareja antes de que ambos comenzaran a hablar de nuevo.

El enfado de la señora Stephanopolis se esfumó por completo y pasó el brazo por los hombros de Brett, haciéndola pasar a su salón y dejando a Michael en la puerta como si fuera un indeseable.

Media hora después, Brett salía de la casa con una botella de anís griego añadida a su colección de bienes.

—Tienes suerte de tener tan buenos inquilinos —le dijo al salir.

—Sí, mucha suerte.

—¿Hay alguien más que quieres que conozca?

—Sólo queda un apartamento. Los Lincoln viven en esa puerta. Puesto que te entiendes tan bien con todo el mundo, te dejaré sola. Veo que no me necesitas para llevarte de la mano.

—Muy bien. Después de saludar a los Lincoln, me iré a por mis cosas y me pondré a arreglar los grifos como prometí a Frida y Consuelo —explicó.

—¿A quién?

—Frida y Consuelo, tus vecinas.

—Oh —por algún motivo, Michael nunca había pensado que aquellas señoras tuvieran nombres propios. Para él eran simplemente un dragón con dos cabezas que vivía al lado—. Muy bien.

—Bueno, pues nos vemos luego. Gracias por ser tan amable y presentarme a todo el mundo.

—Amable es mi nombre —dijo Michael con ironía.

No, pensó Brett, sexy era su nombre. Observándole salir escaleras abajo, se dio cuenta de que tenía prisa en desaparecer. También notó que los vaqueros le sentaban como un guante.

–Buenas nalgas –murmuró para sí, esperando que decirlo le quitara importancia.

Se dio la vuelta y llamó a la puerta de los Lincoln.

Un segundo más tarde, una mujer de color, bastante joven, con el pelo largo recogido con un lazo, abrió la puerta e hizo entrar a Brett.

–¡Necesito ayuda! –exclamó la mujer inmediatamente–. No puedo cerrar el grifo de la bañera. Vamos a terminar como el arca de Noé si no consigo cerrarlo.

Brett fue rápidamente hasta el baño, siguiendo a la mujer.

–Mi marido sabe cómo funciona esta cosa maldita, pero hoy tiene turno en el hospital, es enfermero, y como por fin hay agua, no pude esperar para tomar un baño.

Cuando Brett logró poner la manivela oxidada en la posición de cierre, la mujer suspiró con alivio.

–¡Me has salvado el día, chica! ¡Gracias! Y ahora dime otra vez quién eres.

–Soy Brett –replicó ésta con una sonrisa–. La nueva supervisora. Acaban de contratarme para arreglar cosas, así que la próxima vez, llámame.

–Soy Keisha Lincoln y aunque no te pareces nada a Denzel Washington, eres la respuesta a mis plegarias. Me he matado a decirle al dueño que esta casa necesita muchos arreglos.

–Siento no parecerme a Denzel.

–No pasa nada. Tyrone, mi marido, se sentirá mucho mejor. Bueno, no vendría mal un poco de cafeína después de este susto, ¿no crees? ¿Quieres un café con leche? Me lo envía una tía de Nueva Orleans y es realmente bueno. Creo que ya has conocido a los vecinos –observó Keisha mirando la botella de alcohol y los comestibles en bolsas.

–Todo el mundo es encantador –dijo Brett.

–No fueron tan amables con nosotros cuando llegamos. Claro que Tyrone y yo sólo llevamos aquí un año y ellos llevan toda la vida. Salvo el propietario. Llegó hace unas semanas y me parece que no está muy feliz.

–Pues a mí me parece una casa preciosa.

–Eso es porque no vives aquí.

–Ahora voy a vivir. Me traslado al sótano esta tarde.

–Qué rápida –asintió Keisha–. Yo también me trasladé rápidamente cuando conocí a Tyrone. Y sé lo que es trabajar en un trabajo de hombres. Soy guardia de seguridad en la biblioteca pública de Chicago. En todo caso, me alegra que haya alguien de mi edad en la casa. ¿Quieres un café?

–Estupendo. ¿Y el baño que ibas a darte?

–Por la forma en que sale el agua caliente, no se enfriará. Bueno, y ahora cuéntame. ¿Qué te ha parecido tu nuevo jefe? ¿Es estirado o qué?

El teléfono estaba sonando cuando Michael entró en su apartamento.

–¿Hola? –contestó pero sólo se oía el silencio al otro lado–. ¿Sí?

–Soy... tu padre...

–¿Dónde estás? ¿Estáis bien?

–Muy bien. Estoy en un teléfono... en la calle... no se oye nada –se oyeron interferencias–. Tu madre me ha hecho llamar....

–Dile que estamos bien. Hablé con Gaylynn ayer –la hermana pequeña de Michael era maestra de escuela.

–Bien, bien.

Sintiendo que su padre iba a colgar, Michael aprovechó para decir:

–Papá, espera, necesito saber algo. ¿Qué es esa historia de conjuros relacionada con nuestra familia?

Capítulo Tres

Michael sólo obtuvo interferencias como respuesta, interrumpidas finalmente por la voz de su padre, preguntando:

—¿Qué dices?

—Te decía si sabes algo de un conjuro relacionado con la familia —repitió Michael.

—¿Qué juras? —preguntó su padre, que claramente no oía nada—. No hace falta que me jures que estás bien, ya te oigo.

—No hablo de eso —gritó Michael—. He recibido una caja de Hungría.

—¿Estás de baja? Hijo, ¿no será la gripe? Había una epidemia muy mala cuando nos marchamos.

—¡Una caja! —clamó Michael, desesperado— ¡Una caja de Hungría!

Pero su padre ya no lo escuchaba.

—Oye, tengo que irme. Tu madre está a punto de comprar una estatua de un metro de alta. Tiene una noción extraña de los recuerdos. Bueno, cuídate esa gripe, hijo. Te llamaré.

Frustrado, Michael colgó mientras soltaba un par de tacos por él inventados. De nuevo miró la misteriosa caja, que seguía sobre su aparato de música dónde Brett la había dejado. Aunque Michael se sentía más próximo a sus orígenes magiares que sus hermanos pequeños, no era hombre dado a las supersticiones.

Aquello no era más que una caja. Nada más. La tomó en sus manos y estudió el intrincado grabado de la tapa. Había cuatro líneas crecientes en la esquina izquierda, sobre una escena que incluía unas palmeras y un barco navegando. En el lado derecho, un sol con rayos se elevaba sobre el perfil de las montañas. En el centro del sol estaba ensartada una piedra roja.

Alzó la caja hacia la luz para verla mejor y comprobó que los lados también estaban decorados con algo que parecía... ¿un lagarto? Intrigado, alzó la tapa. La extraña sensación que había experimentado la primera vez, cuando abrió la caja estando Brett, no volvió a repetirse y confirmó su opinión de que se trataba de falta de comida y sueño.

La caja no estaba vacía como había creído la primera vez. Dentro había una llave de plata vieja, la más intrincada que había visto nunca, pequeña y con un aspecto muy antiguo. Al tocarla, Michael sintió una extraña afinidad con la misteriosa llave.

Siempre le habían gustado los misterios y las novelas de intriga. Por eso se había hecho detective. Le encantaba resolver situaciones incomprensibles con la lógica. Su fascinación con la caja tenía una explicación sencilla. Su fascinación con Brett Munro, no.

Michael volvió a ver a la joven aquella misma tarde, cuando se la encontró luchando con una banda de jóvenes punkis del barrio por la posesión de un colchón.

—He dicho que me lo des —decía Brett con un tono de voz firme.

Al momento, Michael se puso a su lado.

—Suéltalo —amenazó a los chicos que llevaban el colchón y que lo miraron con descaro.

—No pasa nada, Michael —dijo Brett con voz suave.

—Claro que pasa. ¿Habéis oído lo que he dicho? —preguntó al adolescente que estaba más cerca de él.

–Son mis amigos –explicó Brett–. Me están ayudando a mudarme. Quiero que me den el colchón porque pesa mucho para que lo lleve uno solo.

–¿Quién es éste? –preguntó en tono beligerante un chico que llevaba los vaqueros rotos, chaqueta de cuero y una gorra de béisbol.

–Es mi nuevo jefe –replicó Brett.

–Pues será mejor que la trates bien, tío –dijo el chico con una mirada dura en sus ojos infantiles.

–Venga, Juan, ya sabes que sé cuidarme sola. Y ahora sujetad el colchón entre los dos, y que nadie se haga daño. Podéis ir yendo.

–¿De dónde has sacado a estos delincuentes juveniles? –preguntó Michael mientras los chicos echaban a andar hacia la casa.

–¿No se te dan bien los chicos, verdad?

–Tengo dos hermanos pequeños y siempre me he llevado muy bien con ellos.

–Me refiero a tu trato con jóvenes y niños.

Era cierto que su familia siempre se reía de él por su falta de talento con los niños. La verdad era que no le gustaban mucho. Le hacían sentirse incompetente y torpe. Pero le molestaba que Brett se hubiera dado cuenta tan pronto. Bien le estaba por salir en su defensa.

–No te olvides de cerrar la puerta cuando termines –ordenó.

–En realidad hemos usado la puerta trasera para no molestar a los inquilinos –explicó Brett–. La puerta da delante de mi apartamento.

–Ya lo sé. Pero, ¿cómo lo sabes tú? No te la había enseñado porque estaba atascada.

–Sólo necesitaba un poco de aceite. Ahora funciona de maravilla.

–Estupendo.

–¿No querrás que te pregunte tu opinión antes de hacer cualquier mejora?

–Sólo quiero ser informado de lo que haces.

Tengo que autorizarte cualquier arreglo que cueste dinero. No tengo un presupuesto ilimitado. Mi idea es arreglar un poco la casa y luego venderla.

–¿Venderla? ¿Por qué?

–Por dinero –respondió Michael con paciencia.

–¡Cómo puedes vender esto!

–¿Qué más te da? Si es por tu trabajo, no tienes que preocuparte. No creo que la casa esté en condiciones antes de un año.

–¿Conocen los inquilinos tus intenciones? –preguntó Brett.

–¿Qué más les da a ellos?

–¡Han vivido aquí años!

–Ya lo sé. Y yo sólo vivo aquí desde hace unas semanas. Mis prioridades son financieras. No puedo permitirme invertir las cantidades de dinero que necesita este elefante blanco. Por otra parte, no hablo mucho con los vecinos y no creo que me tengan un especial cariño. Más bien creo que les encantaría perderme de vista.

–Si tuviera dinero, te compraría esta casa al instante –declaró Brett.

–Acabas de conocerla.

–Pero sé lo que me gusta –dijo suavemente Brett.

Michael observó que tenía las mejillas arreboladas, por el aire frío o por la excitación del cambio. La tarde estaba terminando y sólo quedaba una débil luz. El invierno había llegado para quedarse. Y Brett también. Allí estaba y no iba a moverse.

No había llevado muchos muebles. La vieja camioneta aparcada ante la casa tenía una mecedora vieja, una mesa y sillas, unas estanterías y unas cuantas cajas con cosas de cocina y libros.

–¿Cómo has podido mudarte tan rápido? –preguntó Michael– ¿No tenías que avisar allí dónde estabas?

–Estaba viviendo en casa de unos amigos.

La réplica le hizo pensar que aunque tenía el

número de la seguridad social de la joven, no le había pedido ninguna referencia, ni sabía nada de su pasado. A lo mejor acababa de salir de la cárcel. En general, Michael se consideraba un buen psicólogo para juzgar a la gente, pero Brett le desconcertaba demasiado. En cuando tuviera ocasión, haría una pequeña investigación para saber algo más sobre la mujer.

Siguió al grupo a la parte trasera del edificio, observando a Brett entre sus salvajes adolescentes. Era evidente que la adoraban. Brett les ofreció la merienda cuando terminaron de vacíar la camioneta.

Las cantidades industriales de salsa de la señora Martinez tuvieron mucho éxito entre los chicos. Michael observó que Brett no intentó que probaran el misterioso plato de la señora Wieskopf y le pareció prudente.

–No son delincuentes, ¿sabes? –Brett había aparecido a su lado y le hizo sobresaltarse. Cuando aquella mujer se acercaba, tenía la urgente necesidad de tomarla entre sus brazos y besarla. Michael se sintió sorprendido ante la ocurrencia. ¿Qué diablos le estaba pasando y a qué se enfrentaba?

¿Por qué le ponía tan nervioso desearla tanto?

Quizás Brett era diferente de las mujeres con las que solía salir. ¿Y qué? Era una mujer muy atractiva y de un tamaño perfecto para él. Lo sabía por la forma en que se había deslizado bajo su hombro para sostenerlo. Y cuando la había sujetado por los codos un rato antes, le había parecido que aquel cuerpo se adaptaba a la perfección al suyo.

–¿Por qué me miras así? –preguntó Brett con recelo.

–¿Cómo te miro? –replicó Michael.

–Es la mirada del hombre que reconoce a una mujer enfrente.

–Soy un hombre. Y tú eres una mujer –se encogió de hombros con encanto–. ¿Es tan raro que te mire así?

29

–No soy esa clase de mujer.

–¿Qué clase es esa?

–La clase que hace que los hombres la miren así.

Esta vez Michael la miró con sorna y severidad mezcladas.

–Ajá –dijo Brett–. Eso se parece más a tu forma habitual de mirarme.

–No sabes nada de mí –le recordó Michael–. Nos hemos conocido hace un rato.

–Eso ya lo sé –Brett seguía sin comprender qué había pasado por la mañana cuando había salido de la cocina para decirle que el horno funcionaba. Se había sentido tan rara... como si unos lazos invisibles la hubieran atado a él. El fuego de sus ojos admirables la había atravesado y seguía intentando olvidar la impresión. Porque los hombres no solían mirarla así. A menos que quisieran algo de ella, normalmente pedirle dinero prestado. Por lo demás, ella siempre había sido uno más, uno de los chicos. Siempre había sido así. Salvo una vez...

Sintiendo el dolor que crecía en ella como la niebla se eleva de un lago, decidió cambiar el curso de sus pensamientos. Se separó de Michael para terminar de guardar las cajas en su nuevo hogar.

Pero no dejaba de sentir la mirada intensa del hombre en su espalda. Era innegable que tenía unos ojos increíbles. Y miraba de una forma tan desprendida, como un observador distanciado de todo, sin compromiso.

–¿Te gustaría entrar y tomar un café? –le invitó, harta de verlo parado en el umbral–. Tengo un montón de comida.

Michael tuvo la intención de rechazar la invitación. Estar en medio de un montón de ruidosos adolescentes no era la ilusión de su vida. Pero por algún motivo, no pudo decir que no. Realmente tenía un día raro.

Exasperada por su silencio, Brett dijo:

–No es una pregunta tan difícil. Mira, no quiero que te lo tomes mal, pero la gente te conocería mejor si fueras capaz de ...

–¿Si qué? –la interrumpió él con irritación–. No te quedes ahí.

–Si fueras un poco más... alegre o expresivo.

–Bueno, guapa, no todos somos la alegría de la huerta –masculló Michael.

Brett se sonrojó. ¿Así se mostraba ella? Muchos otros lo habían pensado antes. Si supieran lo lejos que estaba de ser una persona optimista. Había un dolor profundo en su corazón que ninguna alegría podía borrar.

–He dicho una tontería –dijo Michael y le acarició la mejilla–. Perdona.

Brett lo miró sin respirar. Su caricia había sido muy tierna.

–Brett, ¿dónde quieres que ponga esta caja? –preguntó el chico de trece años que se llamaba Juan.

Brett se separó de Michael, sintiendo con pesar que cada vez le costaba más separarse de él. Michael entró en el apartamento y se sirvió una taza de café de una cafetera que parecía haber servido en la segunda guerra mundial. Mientras bebía observó las miradas recelosas que le echaban los chicos. En cada par de ojos había una advertencia. El espíritu de protección hacia Brett era impresionante.

Al ver que Brett salía para recuperar algo en su coche, aprovechó la ocasión para intentar sonsacar a los muchachos.

–¿Te llamas Juan? –preguntó al chico de la gorra.

–Eso es. ¿Pasa algo?

–¿Por qué todo esto? ¿Por qué crees que Brett necesita protección?

Mirándolo, Juan tardó en responder.

–Porque es como la madre Teresa. Demasiado buena –dijo al fin–. Ya la han hecho daño antes.

–¿Quién? –preguntó Michael.

Juan se encogió de hombros.

–No me lo dice y yo no pregunto. Lo único que sé es que desde que empezó de voluntaria en el centro, todo ha ido mejor. Ella entiende las cosas.

–¿Qué centro es ese?

–El Centro juvenil de St. Gérald. Está a dos manzanas. Así que no nos costará vigilarte.

–¿Parezco impresionable? –replicó Michael con sorna.

–Pareces mala persona, pero Brett dice que no lo eres en absoluto.

–¿Y qué ha dicho que soy?

–Un solitario.

La observación le dolió. Dejando la taza sobre la cocina, miró a Juan a los ojos antes de salir del apartamento. No necesitaba que le ofendieran. Michael disfrutaba de su propia compañía. Y no le hacía falta un crío impertinente para explicarle cómo era o debía ser su vida.

Tan pronto como Michael entró en su casa, se puso en el ordenador y comprobó algunos datos sobre Brett. Descubrió que tenía treinta años y carecía de antecedentes penales. La vieja camioneta era suya y al parecer no tenía deudas. Salvo una operación en un hospital dos años antes que aún estaba pagando.

Su pasado laboral era esporádico. Había trabajado en varios bares como camarera, poniendo hamburguesas, conduciendo motos, vendiendo equipos informáticos. Llevaba años estudiando una carrera de psicología y sólo le faltaban un par de asignaturas para licenciarse. En aquel momento no estaba asistiendo a clases, pero se había inscrito para el siguiente semestre que comenzaba en enero.

No encontró ninguna información sobre familiares vivos y no había estado casada. Se preguntó el por qué. Con un corazón tan tierno como el suyo, podría ser una buena esposa. Y era obvio que le gustaban los niños. Además era lista. Y bondadosa. Independiente. Valiente. Y tenía los ojos azules más grandes que había visto en su vida.

Sí, había hecho bien en contratarla. Había sido una decisión lógica y sabia. Pasara lo que pasara, era su historia y tenía que seguir con ella.

–¿Estás loca? –le gritó Michael a Brett menos de una semana más tarde.

–Si sólo estaba...

–Ya veo lo que estabas haciendo. ¡Intentando romperte el cuello! Eso es demasiado pesado para ti.

–No lo estaba cargando. Iba a usar una palanca...

–No se te ocurra hacerlo de nuevo –la interrumpió Michael y movió el enorme macetero que decoraba el pasillo–. ¿Para qué quieres mover esto?

–Porque tengo que arreglar el radiador que está detrás –viendo la cara de confusión de Michael, fue más explícita–: los vecinos se quejan del ruido que hacen los radiadores. Hace falta sangrar el sistema, para sacar el aire de los conductos. Eso es lo que causa tantos ruidos y silbidos nocturnos. Ahora tengo que vacíar este radiador.

Michael no la había escuchado, distraído por el brillo de sus ojos azules. Nunca había conocido a nadie con un rostro tan expresivo. Y tanto entusiasmo estaba relacionado con el aire de los radiadores, nada menos.

–¿Qué tal te has instalado? –preguntó Michael aunque conocía la respuesta. Los inquilinos no paraban de alabarla y no había vuelto a tener marchas militares de protesta o iracundas llamadas telefónicas en mitad de la noche. Lo que le había dejado libre para concentrarse en su trabajo, que hubiera debido ocupar cada minuto de su vida, como lo había hecho en los últimos cinco años.

–Perfectamente.

–¿Qué? –preguntó Michael con aire ausente, distraído ahora con un pequeño hoyuelo que no había observado en la esquina derecha de su boca.

–Digo que estoy perfectamente instalada –Brett esperaba que su turbación no se manifestara en su tono. Pues Michael la estaba mirando otra vez de aquella manera. Sus ojos color avellana ya eran lo bastante fascinantes sin necesidad de añadir esa mirada peculiar. No pudo contenerse y se tuvo que pasar la mano por la boca, antes de preguntar–: ¿Tengo la cara manchada o algo?

–¿Por qué lo preguntas?

–Me estás mirando con tanta atención... –había estado mirándole los labios obsesivamente. Se giró para ver su reflejo en el cristal de la puerta.

–Estás muy bien –le aseguró Michael de corazón–. Mejor que bien.

–Seguro –dijo Brett con desconfianza. Aquel hombre quería ser galante o estaba ciego. Sabía de sobra que su jersey había conocido tiempos mejores. Y ella también. Debía estar espantosa: no se había peinado desde la mañana, no llevaba una gota de maquillaje, y había estado todo el día trabajando. Seguro que estaba bien.

–No vuelvas a mover cosas tan pesadas –le dijo Michael, alzando la mano para apartarle un mechón de la frente–. La próxima vez pide ayuda, ¿vale?

Brett asintió, mareada. Bastaba con que la rozara y sentía que le flojeaban las piernas. Se quedó en mitad del pasillo cuando el hombre se fue, con la mente tan acelerada como el pulso, llena de imágenes en que Michael la tomaba entre sus brazos y la llevaba a la cama.

–Chica, parece que te has quedado traspuesta –le dijo Keisha con buen humor al entrar en la casa.

–Sí –dijo Brett soñadoramente–. Algo así.

–Oh, oh.

–¿Qué significa ese oh, oh?

–He visto como miras a Michael. No hace mucho que vivo aquí, pero te recuerdo que trabajo en seguridad y él también. Bueno, Michael es conocido en mi mundo, pues tiene una fama peculiar. Trabaja siempre solo, resuelve siempre los casos y no se le escapa nada.

–¿Eso es bueno, no?

Keisha se encogió de hombros.

–No deja que nadie le de órdenes ni se meta en su vida. Incluidas las mujeres. Cambia continuamente de novia y le gustan chicas espléndidas.

–¿Espléndidas, eh? Bueno, eso me elimina a mí –apuntó Brett con un suspiro.

–No digas tonterías. Tú tienes muchas cosas. Nunca he visto una chica que sepa tanto de arreglos.

–Sabre mucho de arreglos, pero sigo sin ser espléndida –dijo Brett mirándose con aire contrito los senos pequeños.

–¿No has oído hablar de esos sostenes que ponen en relieve lo que una tiene? Mi hermana trabaja en una tienda de lencería –Keisha sonrió y alzó los ojos al cielo–. Eso sí que es fuerte. Si quieres, iremos en mi próximo día libre.

–No sé si...

Keisha borró las dudas de Brett con un gesto de la mano:

–Tengo que ir para buscar mi regalo de Navidad de parte de Tyrone.

–¿Compras tú tu propio regalo?

–Desde que el año pasado me regaló una plancha.

Brett hizo una mueca para mostrar su horror.

–Así que este año me lo compro yo para estar segura. ¿Y tú? ¿Ya tienes tus regalos? Sólo faltan un par de semanas para la Navidad.

–Ya lo sé. Llegan tan pronto. Pero ya tengo casi todo.

Brett no tenía familia, pero sí un montón de personas que recordaba en Navidad. Como no tenía dinero, tenía que usar la imaginación para conseguir regalos para todos, pero siempre se las arreglaba. Brett tenía una gran experiencia en alargar cada dólar que ganaba.

–¿Sabes qué vas a pedir a los Reyes Magos? –preguntó Keisha.

La imagen de una familia alrededor de un árbol de Navidad apareció en la mente de Brett.

–Los reyes no pueden traerme lo que quiero –susurró Brett con un tono ligeramente melancólico, antes de apartar la imagen de su cabeza–. Bueno, ¿cuándo vamos a esa tienda de tu hermana?

Mientras Brett charlaba con Keisha en el pasillo, Michael hablaba con su padre por teléfono, o al menos lo intentaba.

–En esta isla el teléfono funciona mejor –dijo su padre–. Hoy te oigo bien.

–¿Qué sabes de una maldición relacionada con la familia Janos?

–¿Maldición? ¿Has vuelto a apostar a los caballos, hijo?

–No, y sólo aposté una vez en mi vida. No te hablo de eso.

–¿De qué me hablas?

–He recibido un paquete de Hungría. Lo envía alguien que dice que es pariente nuestro.

–Debe ser la tía abuela Magda. ¿Qué te envía? –preguntó el padre con voz escéptica.

–Una caja de metal grabada que contiene una llave de plata. Y una carta –Michael se la leyó a su padre–. ¿Sabes de qué habla?

–Existe un conjuro –confirmó su padre antes de que lo interrumpieran las interferencias.

–Espera, no te he oído –gritó Michael–. ¿Dices que hay una maldición familiar?

–No una maldición, un conjuro, un encantamiento... Ha de ser Bahtali.

–No te entiendo. ¿Sigues ahí?

De nuevo sólo escuchó crujidos.

–¿Me oyes? –gritó Michael.

–Todo el edificio te oye –dijo Brett desde la puerta del apartamento.

–¿Cómo has entrado? Da lo mismo. Estoy en plena conferencia con mi padre.

–Intentaré llamar desde Hawai –dijo su padre en un momento en que se aclaró la línea.

–¡Papá! Espera. ¿Qué es Bahtali?

Pero sólo pudo oír el sonido del teléfono. Con un taco pronunciado en húngaro, Michael colgó el auricular.

–Siento interrumpir –dijo Brett intimidada–, pero la puerta de tu apartamento estaba abierta. Me dijiste que tenías que autorizar cualquier gasto de más de treinta dólares y olvidé decirte que hace falta cambiar todos los grifos de la casa de Keisha.

En lugar de responder a su petición, Michael dijo:

–¿Qué sabes de llaves?

Ella abrió los ojos.

–¿Perdona?

–Llaves. ¿Sabes algo de llaves?

–Sé que cierran cosas y las abren. ¿Por qué? ¿Hay algún problema de cerrojos?

–¿Qué opinas de esta llave? –Michael abrió la caja y mostró la llave plateada.

De pronto, Brett se sintió cómo si hubiera subido en la montaña rusa. Estaba tan mareada que no podía mantenerse en pie. Buscó desesperadamente algo a lo que agarrarse, pero no encontró sino aire, hasta que Michael la rodeó con sus brazos.

El poder de su abrazo la hizo sentirse a un tiempo humilde y exultante. El mundo pareció desvanecerse cuando lo miró a los ojos. Y él parecía tan fascinado como ella. De pronto un ansia salvaje sustituyó a la sorpresa inicial en su mirada. Y entonces bajó la cabeza lentamente, para besarla.

Aquello comenzó como un tanteo dulce rápidamente convertido en apasionada exploración cuando Michael exigió con su boca que separara los labios, introduciendo la lengua con tanta hambre que Brett sintió que le fallaban las piernas.

Estaba tan pegada a él que sentía los latidos de su corazón. Lo agarró por la camisa, trastornada por las deliciosas sensaciones. Aquello era más que un beso. Era un asalto completo a sus sentidos.

El sonido del metal al golpear el suelo de madera retumbó en su cabeza, con un sonido claro y fuerte de campana. Sorprendida, Brett se separó de él, y preguntó:

—¿Qué ha sido eso?

—No tengo ni idea —respondió Michael con la voz agitada.

Brett tuvo la sensación de que se refería a lo que acababa de suceder entre ellos. Él podía no tener ni idea, pero ella lo entendía perfectamente. Y le aterraba la sensación de estar enamorándose de aquel hombre. Con razón había dicho Keisha «oh, oh». Era obvio y tan visible como las pecas en la nariz de Brett que una chica como ella no tenía futuro con un hombre como aquél. Así que no debía hacerse ideas por el hecho de que la besara. Prácticamente se había echado en brazos del pobre hombre.

Siguió quieta mientras él recogía la llave que había caído al suelo y empezaba a hablar con calma como si nunca se hubieran besado como posesos.

Brett decidió imitarlo, se mordió el labio y se

concentró en la conversación, procurando tener la misma mirada desprendida y tranquila.

–Esta llave venía en esta caja. Me lo envíaron el día en que llegaste tú.

Así que ella era algo parecido a un paquete que le había traído el correo, pensó Brett.

–Me lo envío una pariente lejana de Hungría. De origen gitano. Mis padres son ambos húngaros, pero es mi padre el que tiene sangre gitana. Ambos huyeron del régimen comunista en los sesenta cuando yo era un niño. Mis hermanos ya nacieron aquí.

Gitano. Aquello explicaba los ojos mágicos y sombríos de Michael. Pero no podía explicar su mágica respuesta ante él.

–El caso es que la caja traía esta llave –continuó Michael– y cómo sabes muchas cosas de puertas, y cerrojos, me pregunté si sabrías qué abre ésta. ¿Tienes alguna idea?

–Ni idea. Lo siento. Bueno... será mejor que vuelva a los radiadores y luego a comprar los grifos. Puedo incluso instalarlos esta noche, si me doy prisa –con cada palabra, pronunciada apresuradamente, Brett se alejaba un paso camino de la puerta–. Nos vemos –dijo al fin con una sonrisa alegre y un gesto desenfadado de la mano.

Brett no permitió que la turbación que sentía aflorara hasta que se encontró en su apartamento, sola. Tenía treinta años y era muy mayor para comportarse como una boba adolescente. Sólo podía hacer una cosa.

Fue a la cocina y se sirvió un vaso de leche fría y abrió una bolsa de galletas de queso. Era su peculiar forma de combatir el estress. Tras comerse la mitad de la bolsa, logró recuperar la sangre fría.

–Este es el plan –se dijo a sí misma en voz alta–. Si Michael puede comportarse como si nunca nos hubiéramos besado, yo también. Pero hay que mantener las distancias. Este es el plan –levantó el vaso de leche como en un brindis–. Por el éxito del plan.

Michael se dio cuenta de que Brett estaba más bien ausente en los dos días que siguieron, pero pensó que se debía a la cantidad de trabajo que le daba el edificio. No había olvidado el beso. Lo tenía grabado en el cerebro. Pero la chica tenía tal cara de susto cuando se separaron que no había querido incomodarla más mencionando el asunto. Por otra parte, él era su jefe, y no le parecía correcto besar a una mujer que dependía de él para cobrar su sueldo.

Pero no dejaba de pensar en ella y soñar con ella. Aquella noche, el sueño estaba volviéndose particularmente tórrido, cuando un sonido interrumpió la escena, despertándolo. Tardó en identificar el ruido, enfadado por la interrupción en el mejor momento, pero sonaba exactamente como el llanto de un niño.

Imposible. No había niños en el edificio. Pensó que estaba imaginando cosas, pero el ruido persistía y no le dejaba dormir. Maldiciendo su suerte, se puso unos vaqueros y una camiseta y se dispuso a descubrir el origen del llanto.

No tardó mucho en llegar frente a la puerta de Brett. Debía tener la televisión encendida o algo parecido. En todo caso, no había forma de dormir con aquel escándalo.

Llamó a la puerta. Brett abrió y lo miró con un bebé que lloraba entre los brazos.

Capítulo Cuatro

–¿Qué haces con un niño? ¿Estás cuidándolo para alguien? ¿Se está muriendo o qué? –preguntó Michael mientras el bebé seguía llorando ensordecedoramente–. ¿No puedes hacer que pare de berrear? –añadió con desesperación.

–Hago lo que puedo –replicó Brett que parecía asustada.

–Pues está claro que no es suficiente.

–Estupendo –dijo ella exasperada–. Ya que eres tan listo, haz que pare de llorar –al hablar le tendió el bebé.

La protesta de Michael fue inmediata:

–No se me dan bien los... –pero no pudo seguir porque la criatura se había callado. Le sonreía mientras Michael la sostenía con las dos manos como si fuera un peligroso explosivo a punto de estallar.

–¿Decías? –preguntó Brett con ironía.

–¡Qué te parece! Ha dejado de llorar –Michael parecía completamente asombrado–. ¿De quién es? –añadió.

–No lo sé.

–¿Cuidas un niño y no sabes quiénes son los padres?

–No la estoy cuidando exactamente.

–¿Que estás haciendo, exactamente? –preguntó Michael.

–Bueno... digamos, que me ocupo de ella.

–¿Cuánto tiempo?

–Eso no lo sé.

Moviendo con cuidado al bebé hasta colocarlo en la curva de su brazo, Michael volvió a mirar a Brett mientras la pequeña agarraba su camiseta y se la llevaba a la boca.

–¿Qué está pasando? –inquirió.

–La he encontrado –admitió Brett por fin–. La encontré en la puerta esta mañana. Ya sabes que estaba trabajando en el buzón, arreglándolo. Me fui unos minutos para buscar una herramienta, y cuando volví, ahí estaba. Sentada en su sillita y profundamente dormida.

–¿La dejaría alguien por error?

–¿Cómo van a dejar un niño por error? –replicó Brett–. No es como dejarse la leche en el carro del supermercado. Además, nadie ha tenido una visita con niños: he preguntado a todos los inquilinos. Y había una nota bajo la manta que decía: *por favor, cuide de mi niña.*

–¿Alguien la ha abandonado? Pues tenemos que avisar a las autoridades...

La respuesta de Brett fue brusca e intensa:

–¡No!

–¿Por qué no? ¿Ya has llamado?

–No –dijo esta vez con más calma. Alargó la mano y con dulzura quitó al camiseta de la boca de la niña–. Sé lo que haría la policía. Llevarla a un orfanato. Yo he estado ahí. Y sería otra víctima del sistema social para niños abandonados. Y es tan pequeña...

–Hay mucha gente dispuesta a adoptar bebés.

¡Yo la primera!, estuvo a punto de gritar Brett mirando a la criatura con un deseo inconfundible.

Al verla, Michael meneó la cabeza.

–Ya veo. Estás sintiendo el dichoso instinto maternal, ¿verdad? El reloj biológico –nada más decirlo se arrepintió ante la mirada dolida de Brett. Pero no era una mujer que se enfadara por un comentario así, ni tampoco una persona que mostrara tan abiertamente su dolor. Algo grave le pasaba.

–¿Qué te ocurre? Cuéntamelo –murmuró Michael.

Brett tendió un dedo a la pequeña que lo rodeó al momento con su manita.

–No tengo reloj biológico. Hace un par de años tuve que operarme y no puedo tener hijos.

–Perdona, no lo sabía.

–Fue una mala experiencia. Mi novio de entonces, Bill, con el que iba a casarme, se portó muy bien. Me acompañó, me cuidó en su casa mientras me recuperaba, pero siempre supe que las cosas ya no eran igual. Bill quería hijos, por eso quería casarse conmigo –incluso con el tiempo transcurrido, aún podía oír la voz de Bill diciéndole que no podía casarse con ella. Que quería una esposa que pudiera ser completa y darle hijos. Que era lo que más deseaba en la vida.

–Animal.

–No hables así delante de un bebé –bromeó Brett y fue a tomar a la niña, pero se la devolvió al instante cuando ésta se puso a protestar. Brett la comprendía muy bien. Ella también sabía lo a gusto que se estaba entre los brazos de Michael y lo que costaba separarse de él.

–Esto es muy raro –dijo Michael–. De verdad que se me dan mal los niños. Normalmente me basta con acercarme a uno para que se ponga a llorar. Aunque tampoco tengo mucha experiencia, no tengo sobrinos y mis hermanos ni siquiera están comprometidos. Pero basta de hablar de mí, volvamos a ese bastardo de novio tuyo.

–No era mala persona –dijo Brett mirándolo con reproche–. Se portó bien con la operación.

–Y te dejó tirada después.

–No me tiró. Me depositó suavemente.

–Y te rompió el corazón al hacerlo.

–No seas dramático.

–Es mi sangre gitana.

Brett sonrió ante sus palabras.

–Así me gusta –aprobó Michael–. Y ahora dime, ¿qué vamos a hacer con esta cría?

–Si te sentaras con ella en el sofá, igual se duerme –propuso Brett.

Michael asintió.

–Parece un buen plan. Pero, ¿tienes un sofá? No recuerdo haberlo visto.

–Bueno, es una cama que uso como sofá –señaló el mueble, cubierto con una tela de colores y múltiples cojines. Mientras iba hacia allí, Michael observó un montón de objetos infantiles sobre la mesa de pino.

Brett siguió su mirada y comentó:

–¿Supongo que no sabrás cambiar pañales?

–No –Michael la miró como si le hubiera preguntado que tal se le daba la neurocirugía.

–Yo tampoco tengo mucha idea. Espero que Tyrone me ayude cuando regrese por la mañana de la guardia.

–¿Por qué iba a ayudar Tyrone?

–Es enfermero.

–En el psiquiátrico. ¿No te lo ha dicho?

–La verdad es que no hemos coincidido –admitió Brett–. Hablo siempre con su mujer. ¿Así que la planta psiquiátrica?

Michael asintió.

–A lo mejor necesitamos una revisión allí –dijo con humor–. Porque sabrás que lo que estás pensando es una locura.

–¿Qué estoy pensando?

–Quedarte con la niña.

–Su madre me ha pedido que la cuide.

–¿Cuánto tiempo? ¿Qué pasa si la madre regresa?

–Pues le devolveré a su hija, claro. Si es que puede cuidarla.

–¿Qué clase de madre puede abandonar a un hijo?

–Una que sabe que no puede atenderlo, por lo que sea.

–¿Por qué no la dejaría en un orfanato o en otro lugar?

–Quizás tenía que hacerlo rápido. O no quería pasar por los papeles.

–¿Y por qué elegir esta casa?

–Lo he estado pensando.

–¿Y qué has decidido?

–Que a lo mejor la madre me conoce. Trabajo con un montón de chicos en el centro juvenil. Saben que yo fui una niña abandonada. Y saben que pueden contar conmigo si tienen problemas.

–Crees que uno de esos chicos pudo traerte el bebé. Pero son prácticamente niños.

–Lo bastante mayores como para quedarse embarazadas. Una de las crías que me ayudó a mudarme tuvo un hijo el año pasado.

–Espera. ¿Había una chica ayudándote? Yo sólo vi chicos.

–Con las pintas que lleva es difícil saberlo –reconoció Brett.

–¿Pero seguro que este bebé es chica?

–Absolutamente. Ya le he cambiado el pañal un par de veces. Creo que ya he aprendido y esta vez no se le ha salido. Es mucho más fácil arreglar un grifo.

–Hablando de grifos, me parece que está mojada.

–Oh, oh.

–Toma –automáticamente, Michael tendió a la niña, pero ésta tenía otras ideas y empezó a llorar.

–Me parece que vas a tener que ayudarme a cambiarla –dijo Brett–. No quiere perderte de vista.

–Normalmente, cuando causo este efecto en las mujeres, están más crecidas –bromeó Michael–. Y nunca es así.

–Tráela a la mesa y ponla encima de la toalla... Así. Y ahora juega con ella mientras la cambio.

–¿Decía la nota cómo se llama?

–No.

–No podemos llamarla «bebé», ¿verdad?

–He pensado llamarla Hope.

La pequeña soltó un gorjeo feliz como confirmando la decisión de Brett.

–Parece que le gusta –dijo Michael–. ¿No es cierto, Hope? –agitó un osito de peluche sobre la nariz de la pequeña que rió de contento–. Mira, me ha sonreído. ¿Qué edad tendrá? ¿Lo decía la nota?

–No, la nota no decía nada más. En cuanto a la edad de Hope, no soy ninguna experta, pero he comprado un libro y creo que por su peso debe tener unos seis meses.

–¿Has visto qué azules son sus ojos? –dijo Michael inclinándose sobre la pequeña con curiosidad.

–Es preciosa, ¿verdad? Aunque este no es su mejor perfil –añadió con ironía retirándole el pañal sucio.

–Ni que lo digas –asintió Michael con una sonrisa.

De pronto sus miradas se cruzaron y Brett sintió la familiar descarga eléctrica. Había sentido algo parecido por primera vez a los diez años, cuando intentaba arreglar un enchufe sin haber cortado antes la electricidad. Y no había vuelto a sentirlo hasta el día en que conoció a Michael. Y ahora le pasaba a diario, cada vez que se cruzaban. En algún momento sus ojos se encontraban, creando un lazo intenso cargado de deseos y oscuras promesas.

Esta vez, su comunicación visual fue interrumpida por la niña que se retorció para llamar su atención.

Sonrojada, Brett miró al bebé.

–Yo... bueno... no sabía que podía costar tanto ponerle un pañal. Se mueve todo el tiempo. Y antes casi me mete el puño en el ojo cuando intentaba descubrir dónde van estas tiras.

–A lo mejor va a ser boxeadora cuando se haga mayor –dijo Michael–. ¿Qué te parece, Hope? ¿Es uno de tus objetivos profesionales? –el bebé se agitó y movio los brazos con energía–. Vaya, tiene una buena derecha.

–Ya –concluyó Brett poniéndole la tira adhesiva en su lugar–. Así está bien. Pero Hope no parece tener sueño en absoluto, ¿verdad? –aquello era mucho más una observación resignada que una pregunta.

–¿Tendrá hambre? ¿La has dado de comer?

–Sólo ha bebido zumo. Le he comprado tarritos de bebé, pero no quería comer. Me lo he terminado yo y no estaba malo.

–Quizás deberíamos probar de nuevo.

–Vamos a ver. Mira, Hope, para la noche tenemos pollo con verduras, o carne con arroz, ¿qué prefieres? –dijo leyendo las estiquetas de los tarritos de comida.

–Si yo fuera tú, me quedaría con el pollo –aconsejó Michael a la pequeña mientras la sentaba en su silla–. Me ha sonreído. Chica lista –esta vez la fecilitó–. No acabo de explicarme por qué le gusto tanto. Serán todos los demás niños los raros, ¿no crees?

–Seguro. Bueno, esto está listo –Brett alzó la cucharilla e intentó introducirla en la boca de Hope que se puso a retorcerse y a mover la cabeza para dificultar la operación. Después, Hope metió los dedos en la cuchara llena de puré y los tendió hacia la barbilla de Michael–. Parece que quiere que lo pruebes tú primero.

–¿Qué se cree que soy, un probador de comidas? –al ver que la cara de Hope se arrugaba como si fuera a llorar de nuevo, asintió–. Vale, vale, lo probaré –y al comer un bocado, hizo una mueca.

–Muy bien –le felicitó Brett–. Así seguro que quiere comerlo.

Tomó otra cucharadita, puso cara de que lo estaban matando, pero sonrió y dijo:

–¡Hmmmm!

–Sería mejor si lo hicieras de corazón –añadió Brett mientras Hope miraba con distante interés el espectáculo.

–Mira, niña, tienes que comer y así crecerás para hacerte tan guapa y lista como Brett –declaró Michael.

Hope lo miró unos instantes con seriedad y luego abrió la boca.

–Por supuesto, te deja que la des de comer, pero a mí no –dijo Brett–. ¿Crees que no le caigo bien? En realidad se ha portado bien todo el día, pero esta noche comenzó a llorar y no paraba. Temí que estuviera enferma.

En aquel momento, Hope se echó hacia adelante, tendiendo los brazos a Brett.

Encantada, Brett se inclinó para besar a la pequeña y terminó con la cara llena de papilla.

–Eso responde a tu pregunta –observó Michael–. Le gustas mucho. Como a todo el mundo.

–No te gusté cuando nos conocimos –dijo Brett limpiándose la cara con una servilleta.

–No estaba del mejor humor –admitió Michael–. Pero era culpa mía, nada más. Eres un genio con los inquilinos, ¿lo sabías?

Lo que Brett quería saber era qué pensaba él de ella, pero no preguntó. Se limitó a mirarlo mientras alimentaba a Hope. Estaba adorable con papilla en el mentón. Le encantaba su forma de morderse el labio mientras dirigía la cuchara hacia la boca de Hope y la forma en que se iba metiendo en el papel, haciendo ruidos de avión para entretenerla.

Al darse cuenta de su atenta observación, Michael se encogió de hombros.

–Mi hermana lo hacía con mi hermano pequeño. Me acuerdo que le gustaba mucho.

–A Hope le encanta. No puedo creerme que pensaras que se te daban mal los niños.

–Te juro que soy famoso por ello.

–Pues me encanta que hayas cambiado con ésta.

Su sonrisa la recorrió de pies a cabeza, como un fluido caliente. Era tan fácil imaginar que eran una familia...

No sigas, se ordenó Brett. Nunca había sido una chica dada a soñar despierta. En realidad, de niña había soñado mucho, sobre todo que una familia quería adoptarla. Pero a partir de los diez años, había cambiado, se había hecho práctica y realista. Con Bill había hecho grandes planes para una vida en común, pero esos planes se habían disuelto cuando el destino intervino, quitándola la posibilidad de tener hijos propios.

–Te has quedado muy callada de repente –comentó Michael–. ¿Estás bien?

–Sí, sólo estaba pensando.

–¿En qué?

–Cosas.

–Ah, cosas –asintió en broma Michael–. Yo también pienso mucho en cosas.

–¿En serio?

–Claro. Por ejemplo, ¿cómo consiguen hacer rayas de colores en la pasta dentífrica?

Brett sonrió ante su intento de animarla.

–¿Y las burbujas en el refresco? ¿Cómo llegan allí?

–¿Y qué me dices de los nudos de corbata? ¿A quién se le ocurriría algo así?

–¿Y las bengalas? ¿Por qué sale la luz de esa forma?

–Por no hablar del teléfono. ¿Por qué suena siempre que estás en la ducha?

–De esa conozco la respuesta –dijo Brett–. Es la ley de Murphy. Si algo puede empeorar, lo hará.

–No ocurre siempre.

–Más a menudo que lo contrario –afirmó Brett con la seguridad de alguien que no ha tenido suerte en la vida–. Pero, mira, Hope se ha terminado el bote. ¡Buena chica! –la felicitó con un beso que hizo reír a la niña.

–¿Y ahora qué toca? –preguntó Michael.

Brett reflexionó. Intentaba recordar si había que lograr que un bebé de seis meses eructara, o sólo era con los más pequeños. En todo caso, si la paseaban, era más prudente ponerse una toalla en el hombro. De momento, la niña parecía no necesitar nada.

–A lo mejor le cuesta dormir por los dientes –dijo, mientras Hope empezaba a agitarse y mover las manos, pidiendo que la sacaran de la silla.

–Será mejor que la saquemos antes de que despierte a todo el edificio –dijo Michael, quitándole la correa que la sujetaba.

–No he podido mirarle la boca, pero si logras que se esté quieta, a lo mejor me deja que la mire con una linterna pequeña.

–¿Sujetarla cómo? –preguntó Michael.

–Te sientas en la mecedora con ella en brazos.

Tras obedecer a la sugerencia, Michael preguntó:

–¿Y cómo vamos a lograr que abra la boca?

–Su boca está abierta todo el rato.

–Salvo que intentes alimentarla.

–Pero ya sabe que no hay más comida –Brett sacó una linterna de su caja de herramientas–. Vamos, Hope. Abre la boca, corazón. Quiero ver si te están saliendo los dientes.

Pensando que era un juego, Hope empezó a moverse y retorcerse en brazos de Michael, dando patadas que Michael observaba con preocupación.

–Si quieres la sujeto yo y tú miras.

Michael aceptó encantado la sugerencia hasta que pensó que quizás no fuera tan fácil meter los dedos en la boca de un bebé.

–¿Muerde? –preguntó.

–Si no tiene dientes, no muerde.

–¿Y si tiene?

–Creo que los de delante son los últimos en salir.

–¿Crees?

–Por eso quiero que le miremos la boca, para ver si están o no saliendo.

–¿Qué es ese plural? Soy yo el que debe arriesgar la vida –masculló Michael de buen humor.

–Es una tarea algo húmeda, pero alguien debe hacerlo –replicó Brett–. Mientras miras su boca, fíjate si tiene alguna rojez o herida.

Hope se estuvo quieta el tiempo suficiente para conseguir abrirle la boca y mirar con la linterna.

–Todo está rojo –explicó–. Las bocas son rojas.

–Quiero decir algo que destaque. ¿Ves algo hinchado?

–No me parece.

–¿Dientes?

–Sí. Hay uno al fondo. O parte de uno, no sé –se corrigió.

–Pues debe ser eso. Por eso llora tanto.

–Ya no llora.

–Porque estás aquí. Pero no puedes quedarte toda la noche.

Hubo una pausa, como si ambos consideraran la tentadora idea, antes de que Brett comenzara a hablar.

–A lo mejor debo ponerle un paño con hielo en la mejilla. Me parece que funciona para el dolor de muelas.

–Me está mordiendo el dedo –dijo Michael.

–Los niños hacen eso.

–Qué bien que no tiene más dientes. Eres un desastre, ¿verdad? –comentó Michael mientras Hope le babeaba el dedo.

–Perdón –dijo Brett y el tendió una servilleta de papel–. Supongo que puedes marcharte.

A Hope pareció gustarle el frío en su cara, pero no parecía tener el menor sueño. Y cuando vio a

Michael ir hacia la puerta, pegó un grito que sobresaltó a los dos adultos.

—Parece que te tiene cariño —dijo Brett, desolada.

—Siempre causo ese efecto a las mujeres —dijo Michael con una sonrisa.

—A lo mejor deberías tumbarte en el sofá con ella. Igual se duerme.

—Si ella no se duerme, seguro que yo sí —apuntó Michael con buen humor.

—Siento mucho todo esto —murmuró Brett.

—No lo sientas. Está siendo... una experiencia nueva.

—Y no ha terminado —le recordó Brett mientras arreglaba la cama quitando los cojines grandes para hacer sitio.

—¿Qué pasará si me doy la vuelta y la aplasto? —preguntó Michael sentándose en la cama, repentinamente nervioso con la idea.

—No pasará nada. A ver, puedes reclinarte contra estos almohadones —le colocó varias almohadas para que estuviera semi tumbado y preguntó—: ¿Qué tal así? ¿Cómodo?

—Sí. ¿No parezco cómodo?

—No mucho.

—Tengo una idea mejor. Quita todos estos almohadones o lo que sean y nos tumbaremos los dos con el bebé en medio. Así no podrá escaparse.

—No creo que sea buena idea —murmuró.

—¿Por qué? ¿Te da miedo? ¿Tú, miedo? ¿La mujer capaz de arreglar calentadores con un juego de muñeca? ¿Qué puede pasar con el bebé entre los dos? Es una protección mejor que un cinturón de castidad —declaró irónicamente—. Y además, nos ha agotado demasiado a los dos como para pensar en nada romántico —al ver que Brett se debilitaba, alargó la mano—. Venga, vamos a probar. Te gustará.

—Sí, eso me temo —murmuró Brett, dándole la mano. La electricidad seguía allí, pero acompañada por el sueño. Quitaron todos los cojines y se tumbaron juntos sobre el colchón. No fue fácil acomodarse los tres, pero lo lograron.

Apoyando la cabeza en el codo, Brett observó a Hope que estudiaba su nueva situación.

–Un bebé vigilado nunca se duerme –le dijo Michael.

–Me parece que ya tiene cara de sueño –dijo Brett–. Perdona –añadió al sentir que había dado con el pie desnudo en la pierna de Michael.

Sentándose a medias, Michael tomó su rodilla y la colocó tranquilamente sobre su propia pierna.

–Así está mejor.

–¿Sabes alguna canción de cuna? –preguntó Brett en un susurro. Le ardía la rodilla por el contacto y la nueva posición era provocadoramente íntima. A pesar de todo, Brett siguió mirando a Hope que empezó a bostezar. Y de pronto ella también bostezó, seguida por Michael.

Compartieron una sonrisa de complicidad.

–Debe ser verdad que bostezar es contagioso.

–¿Y esa canción de cuna?

–Sólo me sé una parte de una.

–Bien. Yo he terminado con mi repertorio. Le he cantado todo el country que me sé y nada.

–Probemos con esto...

Comenzó a cantar suavemente lo que debía ser una canción de cuna húngara, puesto que las palabras eran exóticas y la melodía lejana. Hope estaba fascinada. Y Brett también. Antes de quedarse dormida, se recordó que bajo ningún concepto debía dejarse fascinar por aquella sensación de tener una familia propia. Aquello era una simulación, pura ficción navideña, nada más...

Michael se despertó al alba sintiendo un tremendo dolor de espalda. Al abrir los ojos, tardó unos segundos en reconocer el lugar. La pequeña Hope dormía profundamente y Brett también. Las dos estaba adorables, pero iba a tener un problema grave en la columna si no se levantaba inmediatamente.

Logró deslizarse fuera de la cama sin despertarlas y sin causarse un mal mayor en sus pobres huesos. Por suerte había ido situándose en el borde de la cama.

Se sentía cansado y pasándose la mano por la cara, rozó la barba incipiente y deseó una ducha y un afeitado. Como no quería despertar a nadie fue de puntillas hasta la puerta y la abrió con delicadeza. Finalmente dedicó a la mujer y al bebé una última mirada y salió del apartamento.

—¡Señor Janos! —exclamó Consuelo Martinez desde el pasillo—. ¿Qué hace usted saliendo como un ladrón del apartamento de Brett a estas horas de la mañana?

Capítulo Cinco

Sorprendido, Michael tuvo que guiñar los ojos para despertarse.

–No salgo como un ladrón. ¿Y qué hace usted aquí?

–He venido a la lavadora. La pregunta es qué hace usted aquí. Aunque no necesito su respuesta. Tengo dos ojos que ven clarito. ¿Así que Brett y usted están... visitándose? Yo sabía que iban a terminar juntos desde que los vi el primer día. Tengo una intuición especial para estos asuntos, ¿sabe?

Estupendo, se dijo Michael. Primero le llegaban misteriosas cajas de Hungría y ahora tenía a una vidente en casa.

–No es lo que cree –comenzó, con desgana.

–Espero que sus planes sean honrados –le interrumpió la señora Martinez en tono de reprimenda–. Es una buena chica. Trabaja mucho con la iglesia. No debería abusar de su posición de jefe para divertirse con ella.

–No ha abusado de su posición, Consuelo –interrumpió Brett desde la puerta–. En todo caso, lo contrario.

La señora la miró con sorpresa.

–La verdad es que no entiendo a las chicas de ahora.

–Me ha ayudado con un bebé que estoy cuidando –explicó Brett.

–¿Un bebé? ¿Dónde está? –la mujer pasó junto a ellos para asomarse al apartamento de Brett y contemplar a la pequeña que dormía–. Pero... ¡Miren qué cosita! Es adorable. ¿Cómo se llama?

–Hope.

–No sabía que tenías un bebé –dijo Consuelo.

–Sólo me ocupo de ella una temporada –replicó Brett.

–¿Se queda mucho tiempo?

–Podría ser –dijo la joven con cautela.

–¿Dónde está la cuna?

Pensando rápidamente, Brett dijo:

–Mi amiga no me la dió.

–No te preocupes, con diez nietos, dispongo de todo lo que necesitas –Consuelo comenzó a hacer una lista mental de objetos infantiles–. Veamos, te tengo que traer una cuna, una sillita, y ropa, desde luego... Bueno, voy a subir a llamar a mi hija para arreglarlo todo.

–Gracias, Consuelo, eres un sol –exclamó Brett y la abrazó.

–¿Por qué no le has dicho que te encontraste a Hope? –preguntó Michael cuando la mujer desapareció en las escaleras.

–Porque no quiero que vaya directamente a la policía. Cuanta menos gente lo sepa, mejor. Ya me arriesgué mucho al preguntar a los inquilinos si les había visitado alguien con un bebé. Espero que no empiecen a atar cabos.

–Pero creo que deberíamos asegurarnos de que esta niña no ha sido raptada o robada, o algo así.

–¡Raptada! ¿Qué te hace pensar eso?

–Podría ser. Mira, tengo contactos en la policía y acceso a ciertos archivos por mis días de academia.

–¿Fuiste a una academia de policía?

–Lo abandoné. No me gusta la disciplina.

–Eso me lo creo –apuntó Brett con una sonrisa–. ¿Seguro que puedes indagar sin levantar sospechas?

–Confía en mí, ¿vale? Tenemos que estar seguros de que no hay unos padres desesperados buscándola.

–Pero la nota decía...

–La nota puede hacerla cualquiera para despistar. No creo que Hope haya sido raptada, pero nos sentiríamos mejor si lo comprobamos, ¿no te parece?

–Sí, supongo que sí.

–Pues eso haremos.

Brett no había dejado de observar que Michael hablaba en plural. Cada vez que decía «nosotros», su corazón daba un vuelco.

–De momento sé que tiene ojos azules, pelo castaño y dices que debe tener seis o siete meses. ¿Alguna marca? –preguntó Michael.

–Tiene una marca de nacimiento en el trasero. Una especie de flor rosada en la nalga izquierda.

–Muy bien, lo incluiré en la descripción. Me parece que se ha despertado –señaló Michael, mirando a la niña que había empezado a manotear–. ¿Necesitas ayuda para el desayuno?

–No hace falta. Y tú tienes que trabajar.

–Tengo tiempo de sobra.

–Pues, entonces, sí. Puede que te necesite. La cambio y le damos el desayuno, si te parece...

Pero una vez que Hope estuvo limpia y sentada en su sillita, decidió dejar de ser tan cooperativa. Tomó la primera cucharada de papilla, pero lanzó la segunda al aire con gran algarabía.

–Vaya, he visto niños cochinos, guapa, pero tú ganas –dijo Michael quitándose puré de la cara.

La pequeña rió encantada.

–No era un piropo –le explicó Michael–. A ver, cómete ésta. Vamos, sólo una más.

Hope agarró la cuchara antes de que llegara a su boca y lanzó su contenido por el cuarto. Decidido a no dejarse vencer por un bebé de seis meses, Michael lo intentó de nuevo. Hope le sonrió con aire angelical y se tomó la siguiente cucharada.

–Eso está mejor –sonrió Michael–. Buena chica y ahora viene la mejor de todas...

Adelantó la cuchara hacia su boca, pero esta vez la niña metió la mano en la comida e intentó dársela a Michael.

–Se supone que tienes que comer, no llenarte de papilla –dijo Brett al volver del baño y ver el espectáculo.

–Creo que hacen falta dos personas para alimentar a esta niña.

Media hora más tarde, Brett contemplaba el desastre de su casa con desmayo. La experiencia había dejado a los dos adultos cubiertos de papilla y agotados.

–¿Quién hubiera dicho que dar de comer a una criatura pudiera ser tan caótico? –se preguntó filosóficamente Michael.

–Por lo menos no lo hizo anoche con la verdura. Hubiera sido más molesto que la fruta de hoy.

–¿Qué dice tu libro sobre las comidas?

–Debe decir que un paraguas es muy útil –comentó Brett, quitándose papilla de la camisa–. Creo que tengo que ducharme.

–Yo también.

Sus ojos se encontraron. La idea de compartir una ducha con Michael llenó la mente de Brett de ideas eróticas, como si viera el cuerpo desnudo bajo al agua...

–Yo... bueno... no creo que hayas dormido mucho –comentó Brett con ese tartamudeo que había adquirido desde su primer encuentro con Michael–... ¿Seguro que vas a ir a trabajar hoy?

–Sí, claro que sí. Estoy un poco rígido –Michael dejó de hablar, pensando en lo sexy que estaba aquella mujer por la mañana, con el cabello revuelto cayendo sobre sus ojos azules–... Ve a ducharte mientras yo vigilo a Hope –propuso.

–Gracias, salgo en seguida.

Al quedarse solo, Michael estudió a la pequeña Hope que estaba encantada parloteando. La niña era una monada, incluso cuando se volvía un demonio con la papilla. Sus grandes ojos azules le recordaban a los de Brett. No era de extrañar que se hubiera encaprichado tanto con la niña. Aunque Brett hubiera sentido la misma ternura por cualquier ser abandonado. Niño o adulto.

Para completar el cuadro de la chica, Michael se había dejado caer unos días atrás por el centro juvenil de la iglesia de San Gerald, y había salido con los oídos llenos de elogios a la labor de Brett. La mujer parecía ser de esa rara clase de personas que intenta mejorar el mundo, ocupándose de las personas como individuos, permitiendo un trato personal con cada uno más que una caridad abstracta. El sacerdote le había contado que la fuerza de Brett hacía que la gente se sintiera a gusto con ella.

–No ve problemas sociales, ve personas –le dijo el padre Lyden–. Personas que necesitan ayuda. Si tuviéramos más voluntarios como ella... Pero Brett es única.

Mientras la veía salir del baño, fresca y con las mejillas sonrosadas, con el pelo aún mojado y terminando de atarse el cinturón de su bata roja, Michael se dijo que en efecto, Brett era única.

–Me estás mirando otra vez de esa manera rara. ¿Qué pasa? ¿Tengo papilla en algún sitio? –le preguntó Brett.

–No, sólo te miro.

–¿Ah, sí?

Michael asintió.

–¿Crees que puedes acostumbrarte a que te mire así?

Brett asintió a su vez.

Michael alargó la mano para acariciar la mejilla cubierta de pecas de la chica y dijo:

–Luego te llamo, después de hablar con la policía, ¿de acuerdo?

–De acuerdo.

Y después se marchó, pero el efecto de su caricia y sus palabras siguieron con ella todo el día.

Brett terminó de colocar una lámpara en el salón de los Stephanopolis mientras Hope la miraba con alegría desde su pequeña silla ofrecida por la hija mayor de Consuelo.

La señora Stephanopolis estaba feliz por tener un bebé en casa y no quiso dejarlas marchar cuando Brett terminó su labor.

–Quédate a tomar un té –propuso–. Nunca me has contado dónde aprendiste griego.

–Di clases en la universidad. Pero algo sabía antes. Una de mis madres adoptivas favoritas era griega. Hacía unas galletas maravillosas, con pasas. Pero sólo estuve un año con ella.

–¿No tenías parientes?

Brett dijo que no mientras probaba el té que le había servido. Las dos mujeres siguieron charlando un rato y después Brett recogió las cosas de Hope y regresó a su apartamento.

Apenas había entrado cuando el teléfono empezó a sonar. Dejó a Hope sentada en la cuna prestada por Consuelo y contestó.

–Hola, soy Michael. De momento no hemos encontrado nada. No hay ningún niño desaparecido con sus características.

–Gracias a Dios –suspiró Brett, aliviada.

–Mi amigo va a comprobar los informes de otros estados y estaremos seguros mañana.

–¿Seguro que no va a decir nada?

–Seguro. Tengo que dejarte –dijo Michael–. Luego nos vemos.

Cuando Michael regresó a la casa aquella tarde, lo primero que hizo fue escuchar si Hope lloraba. Pero todo estaba tranquilo en la casa. Miró en su buzón y tenía una postal de su hermano, Dylan. La tarjeta venía de Oklahoma, lo que no significaba que su hermano siguiera allí. Era el aventurero de la familia, y rara vez se instalaba en un lugar. Pero siempre mantenía el contacto aunque no tan frecuentemente como sus padres hubieran deseado.

Michael acababa de sentarse en su único sillón cuando sonó el teléfono. Hubiera querido que fuera su padre con más información sobre la caja misteriosa, pero era su hermana.

—Gaylynn, tengo que hacerte una pregunta. ¿Te ha contado algo papá sobre una maldición familiar?

—Creí que te reías de esas supersticiones de gitanos —respondió la joven.

—No me creo nada. Pero siento curiosidad.

—¿Y eso?

—He recibido un paquete de una tía abuela de Hungría.

—Genial. ¿Y qué contiene?

—Una caja.

—¡Una caja mágica! Tengo que verla.

—Espera, guapa, nunca he dicho que sea mágica.

—Me estás haciendo preguntas sobre leyendas familiares y si la caja proviene de la familia de papá, sólo puede ser mágica.

—¿Papá te ha hablado de algo así o no?

—Hablando de cajas, no. Pero me contó que una araña en mi cama por la noche es buena señal.

—Eso no me ayuda mucho.

—Mamá y papá volverán pronto del crucero. Sólo tenemos que esperar. Te llamaba para preguntarte si ibas a buscarlos tú al aeropuerto o iba yo.

—¿Por qué no vas tú ya que te ofreces? Yo puedo estar ocupado.

—¿Con qué? ¿Tienes un caso complicado?

—En cierto modo.

—¡Una mujer! —adivinó su hermana—. ¿Estás viendo a otra rubia despampanante?

–No, es morena y una experta en cajas de herramientas.

–Por fin alguien normal –se burló Gaylynn–. ¿Cuándo me la presentas?

–No sé. Durante las vacaciones, quizás. Mira, tengo que dejarte. Hablamos pronto. Cuídate, enana.

Después de colgar, Michael pensó que la casa estaba demasiado silenciosa. Era mejor que bajara a ver si todo estaba bien.

Llamó a la puerta de Brett y preguntó:

–Hola, ¿estáis bien?

–Entra, está abierto.

–¿Cómo se te ocurre dejar la puerta abierta? –preguntó Michael mientras entraba y se dirigía hacia la puerta abierta del baño–. Esto es Chicago, por Dios. ¿Sabes cuántos asesinatos hay en esta ciudad cada día?

–Tranquilo. En realidad, he abierto cuando oí que bajabas las escaleras.

–¿Qué estás haciendo?

–Bañar a Hope. O intentarlo –masculló cuando la pequeña se giró sobre sí misma–. Necesitas diez manos para controlarla. Si ya era escurridiza antes, imagínatela llena de jabón.

–¿Puedo ayudar?

–Sí, sujétala mientras yo la lavo.

–Si es ella la que se está bañando, ¿por qué estás tú empapada?

–Ya lo comprenderás.

Un segundo más tarde, lo comprendió, cuando Hope aplastó el agua con las palmas abiertas, riéndose de contento al verle empapado a su vez.

–Oh, ¿así que te hace mucha gracia? Vas a ver como me meta yo en la bañera –la amenazó.

–Eso es, tú explícaselo –se burló Brett.

–Mira qué uñas tan monas tiene –observó Michael sin atenderla–. Y tiene también uñas en los pies, es increíble.

–Claro que tiene de todo. Hoy he descubierto que le encanta jugar a las palmas conmigo.

–A mí también me encantaría jugar a las palmas contigo –murmuró Michael mirándola con una sonrisa perversa.

El interludio fue interrumpido cuando Hope salpicó a Brett, dejándole la camiseta pegada pegada al cuerpo como si se hubiera dado un baño.

Brett se sonrojó al observar sus senos claramente marcados bajo el tejido y todavía más al darse cuenta de que la mirada de Michael había tomado la misma dirección.

–Quédate con Hope un minuto –dijo Brett mientras salía para cambiarse la camiseta–. Será mejor que la vayas sacando del agua antes de que se arrugue –añadió sintiéndose absurda por cohibirse de aquella manera. Ni que tuviera tanto que ocultar.

Mientras Brett ponía un pañal a la niña y la vestía, Michael se dedicó a jugar a «este cerdito encontró un huevo» con ella, provocando las mayores carcajadas y creando nuevas versiones futbolísticas con los dedos de Hope.

Brett se retiró el pelo de la cara, agobiada por la proximidad de Michael.

Éste observó que le costaba poner el pijama a la niña y ofreció su ayuda.

Brett asintió y se apartó de él.

Michael intentó meter a Hope en el pijama, asombrado por la energía que mostraba la pequeña.

–Esto es más difícil que dirigir una empresa –masculló Michael mientras Hope se retorcía jugando. Cuando al fin logró abrochar todos los botones, alzó a la niña y dijo triunfalmente–. Ya estamos.

–Y está preciosa –le felicitó Brett con ironía–. Es una pena que no hayas metido las piernas en el pantalón.

En ese momento, Michael se dio cuenta de que había puesto mal los botones.

–Es humillante verse desbordado por un bebé –comentó mientras volvía a empezar.

–Dímelo a mí. Es una suerte que no tenga muchos muebles, porque ha empezado a gatear y lo tira todo a su paso. Le encanta meterse debajo de la mesa.

–Me gustaría verla gatear.

–Es un espectáculo. Incluso levanta el trasero y mira por detrás para orientarse. Increíble. Le he hecho un par de fotografías en esa elegante postura. Ya te las enseñaré. Estabas preciosa, ¿verdad que sí?

La niña respondió bostezando. Un segundo más tarde, Michael bostezó también.

–Estás cansado –dijo Brett–. Deberías subirte y dormir. Yo la acostaré.

Pero Hope tenía otras ideas. Le bastó ver a Michael cerca de la puerta para lanzar un alarido que dejó paralizados a los dos adultos.

–A lo mejor basta con que te sientes en la mecedora y la duermas un poco... –propuso Brett con timidez.

–Vale la pena intentarlo –asintió Michael. Un cuarto de hora más tarde tanto él como Hope se habían dormido. Al contemplarlos, Brett sintió un nudo de emoción ante la hermosa imagen que formaban. La mano de la pequeña reposaba con confianza sobre el pecho amplio del hombre y las grandes manos de Michael la rodeaban de forma protectora. Pero no podía dejar a Michael dormir en aquella silla o se levantaría baldado.

Con el mayor cuidado, Brett separó al bebé de los amorosos brazos, observando con alivio que no se despertaba, ni siquiera cuando la dejó en la cuna. El siguiente paso era despertar a Michael. Con similiar delicadeza, le puso una mano en el hombro. Inmediatamente, Michael se puso en pie, tenso como un soldado alerta para la acción.

Asustada, Brett se separó un paso de él.

—Perdona —dijo Michael pasándose la mano por el cabello.

—No pasa nada. No quería asustarte.

—¿Dónde está Hope?

—En su cuna. Y tú deberías irte a la cama. Tu propia cama. Necesitas descansar.

Lo que necesitaba era a Brett, en su cama, y el deseo de tenerla le acompañó durante toda la noche.

El viernes, Michael pasó a saludarlas después del trabajo. Esta vez, Brett le abrió la puerta y parecía arreglada para salir. Llevaba un jersey de colores y se había pintado los labios, lo que era raro en ella.

—¿Has quedado con alguien? —preguntó.

—No —respondió Brett con una sonrisa maliciosa—. Hoy es la fiesta de decoración del árbol navideño en el centro juvenil. Ya estoy casi lista para salir. Y he hecho galletas de chocolate.

—Ya me parecía que olía muy bien.

—Puedes venir conmigo si quieres. Si es que no tienes otra cosa qué hacer. Pero seguro que tienes montones de cosas qué hacer. Las fiestas navideñas ocupan mucho tiempo, ¿verdad?

—No tengo nada qué hacer hoy. Aparte de acompañaros a ti y a Hope a esa fiesta. Mientras no tenga que ponerme una barba o vestirme como Santa Claus.

—No, nada raro.

—Bueno, entonces me encantaría ir. ¿Estás lista?

—Casi —dijo Brett y se miró en el espejo de la entrada por última vez. ¿Prefieres llevar las galletas o a la niña? —preguntó cuando estuvo lista.

—Prefiero cargar con Hope o me comeré la mitad de la caja de galletas.

–Te he apartado unas cuantas. Pero no estaba segura de si te gustarían.

–A todo el mundo le gustan las galletas de chocolate caseras. A ver, dámela –añadió tomando a Hope en brazos y cargándose a un hombro la bolsa con las cosas de la niña–. Tengo hombros más anchos que tú.

–Ya lo he notado –murmuró Brett mientras lo seguía fuera, observando la forma segura en que llevaba a Hope que estaba inmovilizada por su anorak prestado–. Se te da muy bien la niña, ¿sabes?

–Sí, ¿verdad? Estoy sorprendido.

Brett lo miró pensando en la hermosa estampa que formaban él y la pequeña. Sería un gran padre, protector y tierno.

Fueron a la fiesta en el coche de Michael, Hope en su sillita y Brett detrás junto a ella. La noche era clara y no demasiado fría. Y habían anunciado unas navidades con temperaturas suaves.

Cuando llegaron, el centro juvenil de la iglesia local estaba ya repleto. Michael se las arregló para conseguir la única silla vacía para Brett. Ésta le agradeció el gesto galante, pero no tenía ninguna intención de quedarse sentada. Había demasiadas cosas qué hacer.

Empezando por sacar a Hope del anorak en el que nadaba.

–¿Seguro que la niña está ahí? –bromeó Michael–. Ah, pues sí, aquí está, preciosa como siempre.

–¿Quién, yo o la niña? –preguntó Brett con humor.

–Las dos.

Sus dedos se encontraron al ir ambos a tocar a Hope. Brett se quedó quieta, mientras el ruido de la fiesta se amortiguaba como un sonido lejano bajo el zumbido de su propia tensión. Y todo porque Michael le estaba acariciando la mano con los dedos, una caricia tan amable como turbadora. Había convertido un roce casual en una exploración sensual y deliberada. Era casi aterrador que un gesto tan inocente la paralizara de aquella manera. El momento fue interrumpido por las quejas de Hope reclamando su atención. Brett volvió a la realidad y se ocupó de la niña, riendo e intentando convencerse de que aquello no significaba nada.

Hope no parecía en absoluto molesta por la multitud ni el estruendo de los villancicos. Por el contrario la algarabía parecía gustarle mucho.

En pocos segundos, un grupo de niños y adolescentes rodearon a Brett, saludándola y preguntando por el bebé que tenía en brazos.

–¿De dónde has sacado eso?

–Es de una amiga.

Siguieron muchas más preguntas. Michael observó la paciencia con la que Brett atendía a todos los chicos. Después se fijó en la pareja de abetos navideños de aspecto más bien cansino que habían sido colocados en un rincón de la sala.

El más corto de los árboles parecía reservado a los niños, para que estos lo decoraran sin ayuda. Michael tuvo ganas de acercarse y desenredar el lío de luces de colores y guirnaldas que habían organizado. Brett siguió su mirada y explicó:

–Ese es el árbol que decoran como quieren. El más grande será más... tradicional.

Los niños más pequeños habían fabricado sus propios adornos variados, producidos con papel de plata o cartón, e intentaban colocarlos en los lugares más vistosos, lo que produjo ciertas peleas en las que medió Brett. La joven se las arregló para colocar a Hope en su cadera, supervisar la colocación de las galletas en la mesa, firmar una enorme tarjeta que iban a enviar todos juntos a Santa Claus, y charlar con todo el mundo sin perder la sonrisa. Michael estaba asombrado. Pero llevaba asombrado desde que la había conocido.

Al darse cuenta de que Michael la miraba, Brett le sonrió y le hizo un gesto.

–¿Puedes sujetarme a Hope un ratito? –dijo cuando el hombre se acercó–. Tengo que asegurarme de que no provoquen un incendio al encender las luces del árbol.

–Desde luego.

Y así, Michael se encontró sentado en la silla que había reservado para Brett y jugando al caballito con Hope. La niña tenía una risa maravillosa. Escucharla le hacía sentirse mejor.

Y ver a Brett tirada por el suelo siguiendo los cables le hacía sentirse algo más excitado. Aquella mujer había trastornado sus sueños. Durante las últimas noches, no había dejado de soñar con ella, sueños en los que hacían el amor y Michael besaba su cuerpo desnudo, buscando en cada milímetro de piel sus ocultos lunares.

Sus eróticos pensamientos fueron interrumpidos por la cara traviesa de Juan sonriéndole.

–Ya no pareces tan solitario –observó el adolescente–. Brett ha utilizado su magia contigo, eso se ve.

–Debe ser eso –asintió Michael de buena gana.

Pero el uso de la palabra magia hizo que sus pensamientos volvieran a la caja húngara. Sus padres tenían que volver en pocos días. Y él tendría que esperar su regreso para descubrir la verdad sobre la maldición o la suerte que afectaba a su familia. Seguro que se volvían locos con Hope.

Mirando el rostro feliz de la pequeña mientras le hacía muecas, Michael se dio cuenta de que estaba cometiendo el mismo error que Brett, pensar que la niña era suya. Y al notar algo húmedo en su rodilla, se dio cuenta de algo más concreto.

–Hope me ha bautizado –murmuró a Brett cuando ésta se reunió con él.

–No me digas –dijo ella preguntándose si Michael se habría dado cuenta de las miradas subrepticias que le había dedicado mientras arreglaba las luces–. Yo me ocupo de ella.

–Ocuparse de la gente es la especialidad de Brett –comentó el padre Lyden sentándose junto a Michael mientras Brett se alejaba para cambiar a la niña–. Parece muy contenta con el bebé de su amiga.

Percibiendo un sentido oculto en la frase del sacerdote, Michael dijo:

–Eso no tiene nada de malo, ¿verdad?

–Puede ser malo si la madre regresa y Brett se ha encariñado demasiado con el bebé.

–No está claro que la madre vuelva. Es una situación complicada –dijo Michael sintiéndose molesto por mentir a un sacerdote.

–Lo único que quiero evitar es que Brett sufra. Ha hecho tanto por los demás. Se merece un poco de felicidad. Se las ha arreglado para que haya regalos para todos los niños. Aquí vuelve. Bueno, me voy a ocupar de la distribución de los regalos.

Y durante la siguiente media hora la excitación y el ruido subieron de tono, mientras el padre Lyden entregaba los presentes.

–Cuando yo era un niño –dijo Michael–, teníamos una tradición en el día de San Nicolás, el seis de diciembre. Poníamos las botas en la ventana y si habíamos sido buenos, Telapó, el Santa Claus húngaro, los llenaba de frutas, caramelos y frutos secos. Llegó un año en que en lugar de eso, me regalaron cromos de deporte y chicle y supe que había cambiado de país.

–Me encantan las tradiciones –comentó Brett–. Y en esta habitación conviven unas cuantas –hizo un gesto con el brazo. La mayor parte de los niños eran negros, hispanos y había algunos orientales–. Diferentes orígenes y costumbres.

–No está mal como mezcla –asintió Michael.

Brett sonrió, pensativa.

–Pero la Navidad parece unir a todo el mundo. Supongo que por eso es mi fiesta favorita, entre otras razones.

–¿Y cuáles son las otras razones?

–La magia. Los deseos que se cumplen.

–Ah, sí, la magia –Michael nunca había creído en esas cosas, pero al ver los ojos brillantes de Brett sintió su fe en la vida y su calor muy próximos. Miró a Hope que se había quedado dormida.

–A lo mejor tenemos que hacer mucho ruido para que se duerma –comentó en voz baja.

–Es tarde –respondió Brett susurrando–. Deberíamos llevarla a casa.

A casa. Lo curioso es que el concepto no le asustó. De pronto la visión de cómodos sofás hogareños no le ponía nervioso.

–Espera que te de las galletas que sobraron –dijo Brett nada más llegar a su apartamento. Ya había metido a Hope en la cuna sin que ésta se despertara–. ¿Quieres un café?

Michael tendió el brazo y la agarró para inmovilizarla, diciendo:

–Lo que quiero es...

Sin más palabras, la besó.

Lo habían estado esperando desde hacía días, desde su primer beso. Si la primera vez Brett sintió que se incendiaba, ahora se sentía como si la hubieran sumergido completamente en algo perversamente delicioso y completamente irresistible.

Michael comenzó lentamente, como si tuvieran todo el tiempo del mundo para explorar y disfrutar. La acarició con los labios creando una fricción que Brett encontró fascinante.

Preocupada con la sensación deliciosa de su

boca, ni siquiera se dio cuenta de que había separado los labios hasta que el beso se convirtió en otra cosa. El canto salvaje de su sangre palpitante era respondido por la alegría de su corazón y entre ambos, tuvo que cerrar los ojos y concentrarse en el placer, dejando fuera el mundo. Sus sentidos se inflamaron cuando oyó su nombre pronunciado por Michael, mientras le llegaba su olor y sentía sus dedos en la nuca, el pelo, la barbilla.

Movió las manos hasta rodearle la cara mientras su beso se hacía más profundo y su lengua la penetraba con apasionada familiaridad. Echándole los brazos al cuello, Brett se pegó más a él y se dejó ir.

Su premio fue un gemido de aprobación mientras Michael la tomaba por la cintura, hundiéndola en el calor de su abrazo, apretando su pecho contra el suyo, uniendo sus agitadas respiraciones y sus salivas. Michael se separó un segundo para mirarla y luego volvió a bajar la cabeza para iniciar un beso ardiente y sin tregua, mordisqueándole los labios y lamiendo sus comisuras, sin dejar nada por probar. Brett respondía ofreciéndose y tomando con sus gestos guiados por el deseo.

Finalmente, Michael deslizó las manos bajo el jersey y tocó la piel desnuda y Brett suspiró de alegría. No quería ropa entre ellos. Le bastó la primera caricia en su espalda para saber que su deseo no tenía límites.

Ambos parecían hechos el uno para el otro, como una cerradura y la llave que la abre. Las manos de Michael la acariciaban con suave firmeza, lanzando llamas con cada roce.

Brett le hundió las manos en el pelo y jadeó al sentir que había logrado desabrochar el sujetador y le acariciaba los senos con delicadeza. Al percibir su inmediata respuesta, Michael amplió su gesto, se deshizo del sostén para cubrirle los senos con las manos.

Los sostuvo con habilidad deliciosa, apretando leve-mente los pezones, creando con cada caricia una in-timidad que era a un tiempo excitante y emotiva.

La cercanía de su abrazo no le dejaba ninguna duda sobre el deseo de Michael. Su propia pasión reclamaba una satisfacción rápida cuando el llanto de un bebé atravesó su mente nublada.

Brett sintió que Michael temblaba, hundía la ca-beza en su pelo y retiraba lentamente las manos de sus senos, en un intento de recuperar el control.

Poco después, Brett estaba libre y se sentía como un sonámbulo al que acaban de despertar de un sueño. Automáticamente fue a la cuna para calmar a la niña.

—No pasa nada, tesoro —susurró intentando cal-marse al mismo tiempo—. Todo está bien.

¿Estaba todo bien? Mientras Brett acunaba a Hope en brazos, su mente intentaba poner orden en lo que acababa de suceder. Esta vez habían lle-gado mucho más lejos que en el otro beso, y ella no era la única afectada por la repentina pasión.

Michael la observaba en silencio, pensando que si Hope no les hubiera interrumpido hubieran he-cho el amor. ¿Adónde les llevaba aquello? Cuando tenía a Brett en brazos, dejaba de pensar. Nunca ha-bía sentido un deseo tan salvaje por una mujer. La deseaba con toda su alma.

Cuando se hubo tranquilizado, preguntó a Brett con voz seca:

—¿Puedo usar el teléfono?

—Claro.

Michael contempló cómo Brett volvía a acostar a Hope mientras él marcaba con impaciencia el telé-fono de la comisaría.

—Soy Janos —dijo al contestarle su amigo—. ¿Qué hay de nuevo?

—Malas noticias.

—¿La niña? ¿La han raptado?

–No, pero alguien puede acusaros de rapto. A tu amiga, quiero decir.

–¿De qué me hablas?

–No sé cómo se enteró, porque te juro que no dije nada. Debió oírme cuando hablaba contigo por teléfono.

–¿Quién?

–La maldita asistente social.

–¿Una asistente social nos ha oído? –preguntó Michael soltando un taco.

–Lo siento, amigo. Pensé que debía decírtelo por si se pone a investigar. No creo que tenga tu dirección, pero debió oírme decir tu nombre. A lo mejor no hace ningún caso, pues tiene trabajo para diez personas. Pero ha estado apretándome las clavijas para que la informe sobre ese «bebé misterioso» del que ha oído hablar.

–Intenta despistarla. La niña está perfectamente. Y vamos a adoptarla.

–¿No tienes que casarte para hacer eso?

–Lo haremos. Gracias por el aviso.

Michael colgó y miró a Brett que lo miraba con la ansiedad dibujada en el rostro.

–Has hablado con tu amigo de la policía, ¿verdad? ¿Qué ha dicho?

–Demasiado.

–¿Pasa algo malo?

–Nada que no podamos arreglar casándonos.

Capítulo Seis

–¿Casarnos? –Brett se atragantó al decirlo.

–Eso he dicho. Es lo más sensato.

–El matrimonio no suele describirse como sensato.

–Porque la gente comete el error de dar rienda suelta a las emociones en lugar de utilizar la cabeza.

–Pero no veo porque tu cabeza puede indicarte que casarte conmigo es algo sensato –discutió con vehemencia–. Ni siquiera me conoces.

–Te conozco mucho mejor de lo que crees.

–¿Qué ha dicho tu amigo para que hayas decidido de pronto que debemos casarnos? –preguntó.

–Ya te dije antes que necesitábamos un plan si querías tener la menor oportunidad de quedarte con Hope.

–Un plan no es necesariamente el matrimonio.

–Es el paso lógico. Los trabajadores sociales prefieren dejar a los niños con parejas estables, más que con solteros.

–Pero los asistentes sociales ignoran la existencia de Hope.

–Ahí está el problema. Podrían llegar a conocer su existencia.

–¡Cómo! ¿Qué ha pasado?

Michael le explicó lo que le había contado su amigo.

–Oh, es fantástico –exclamó Brett buscando con la mirada llena de angustia la cuna de la niña dormida–. No voy a permitir que se la lleven. ¡No lo permitiré!

–Si te casas conmigo no podrán quitártela.

–Eso no lo sabemos.

–Sé que es tu mejor oportunidad para quedarte con Hope.

Y de pronto, Brett dejó de considerar la idea completamente alocada. Y no sólo la tomó en consideración sino que oyó una vocecita interior que le gritaba: «Esta es tu oportunidad de ser feliz. No la dejes escapar».

–Sí, de acuerdo.

–Muy bien –dijo Michael.

–¿Qué pasará cuando nos casemos? –preguntó Brett.

–¿A qué te refieres?

–A todo. ¿Seguiré viviendo abajo o...?

–Tú y Hope vendréis a vivir conmigo. Tengo dos habitaciones. Tenemos que hacer que parezca un matrimonio de verdad.

Brett se estremeció al oír la expresión «de verdad».

–De manera que Hope y yo estaremos en una habitación y tú en otra –insistió queriendo alcarar las cosas.

–Esa es una opción. Pero me gustaría pensar que hay una posibilidad de que tú y yo durmamos juntos y Hope en el otro cuarto. Esto no es como si no nos gustáramos, ¿verdad? Más bien lo contrario. Antes, cuando nos hemos besado ha sido...

–¿Cómo? –preguntó Brett.

–Inflamable.

Ella asintió. Y también había sido mágico, aunque sospechaba que sólo ella había sentido el roce de la magia. Michael había sido sensible a la química. Y Brett no pudo evitar desear que sintiera algo más por ella. Porque cada vez estaba más segura de que se había enamorado perdidamente de él.

–Entonces, ¿estamos de acuerdo? –preguntó Michael–. Casarnos es lo más sensato. A partir de ahora iremos paso a paso. Primero casarnos y luego intentar adoptar a Hope con discreción.

–No es tan fácil. Recuerda que conozco bien el sistema. Cuando mi madre me dejó se negó a renunciar a sus derechos, lo que significa que nadie podía adoptarme. Y cuando fue posible legalmente, era demasiado mayor para que nadie me quisiera. Cuando tenía unos nueve años, uno de mis padres adoptivos me hizo ver la realidad económica del asunto: me explicó que los pagaban por mantenerme y que perderían esa manutención si me adoptaban. Con un sistema así, te puedes imaginar que incluso una niña de nueve años comprendió que no tenía nada qué hacer.

–¿Y dejaste de tener esperanza?

Le impresionó su lucidez.

–Eso hubiera sido lo sensato –explicó con ironía–, pero me temo que no soy muy sensata en lo relativo a sentimientos. Soy una de esas personas que tienden a pensar con el corazón y no con el cerebro.

–Y yo soy lo contrario. Pero a lo mejor debe ser así, ¿no crees? Porque tú necesitas a alguien con la cabeza sobre los hombros para compensar tu generosidad. Y yo necesito...

–¿Qué? –esperó, conteniendo la respiración ante la revelación de sus necesidades.

–Necesito una camisa nueva –dijo Michael–. Hope me ha dejado esta para el tinte.

Brett intentó ponerse a tono con la frivolidad de Michael.

–Lo siento.

–No te preocupes. Tengo muchas camisas. Y además, es mejor que me vaya acostumbrando.

–¿Estás seguro de que quieres esto? –preguntó Brett con cautela–. Yo hace años que deseo un bebé. Pero tú...

–Nunca pensé que me estaba perdiendo algo. Pero ahora lo conozco y no quiero perdérmelo.

–Va a echar los dientes. Eso significa noches en vela.

–Eso ya lo he vivido.

–Pero sólo un par de noches. Si vivimos juntos, serán semanas. Y además piensa en lo que queda: las enfermedades, las notas, la adolescencia, los novios...

–¿No vas un poco lejos? –su voz tenía tanto humor que Brett tuvo que reírse. Michael tenía una voz muy sexy. Alargó la mano hacia ella y la rodeó con sus brazos.

–Quiero estar segura de que sabes en qué te estás metiendo.

–Lo sé. Y sé que no siempre será fácil. Y sé que valdrá la pena cualquier esfuerzo.

–Es que la gente toma decisiones en el calor del momento, con las mejores intenciones, y luego no saben cómo dar marcha atrás. Lo he visto con padres adoptivos montones de veces. Una familia con buenas intenciones que no comprende que ocuparse de un niño ajeno no es lo mismo que cuidar del propio.

–Pues no debería ser así –dijo Michael con gravedad.

Lo miró a los ojos y vio que no había en ellos cautela ni vacilación.

–Al final siempre me devolvían –susurró Brett.

–Ellos se lo perdieron –Michael le acarició tiernamente la mejilla–. No voy a devolverte como un jersey que no me vale, Brett. He vivido bastante y sé lo que quiero. Nunca me he casado, porque nunca me he sentido a gusto con ninguna mujer. Y ahora estoy bien. Las circunstancias nos hacen acelerar las cosas, pero el hecho importante es que me veo muy bien casado contigo y eso nunca me había sucedido antes.

Brett hizo un esfuerzo por no llorar.

–Eso es suficiente para mí –dijo con emoción, apretando la mano de Michael contra su mejilla antes de dejarlo marchar, temerosa de que notara cuánto lo quería ya. Con la intención de relajar la tensión, hizo una mueca burlona–. Pero no digas luego que no te lo advertí.

–No lo diré. Supongo que el paso siguiente es pedir los papeles y hacer los arreglos para una boda civil. ¿A menos que no estés de acuerdo? ¿Quieres casarte por la iglesia?

–No, la boda civil será perfecta.

–Muy bien. Pues eso haremos.

–Muy bien.

–No te arrepentirás, Brett. Te lo prometo.

Brett deseó poder prometerle lo mismo a él, que nunca se arrepentiría, pero no se sentía tan segura.

El sábado por la mañana, Michael abrió la puerta de su apartamento y a punto estuvo de tropezar con sus botas.

–¡Pero, qué...! –se interrumpió al observar a Consuelo Martinez mirándole desde su puerta– ¿Qué hacen fuera mis botas?

–No tengo ni idea –replicó Consuelo–. Ayer debió ser una buena borrachera para haber dejado las botas fuera y no acordarse.

–Sí que fue una buena noche –explicó Michael–. Brett y yo nos comprometimos –tomó las botas y volvió a entrar, satisfecho con la cara de sorpresa y placer de la buena señora.

Una vez dentro se dio cuenta de que sus botas estaban llenas de caramelos, bombones y frutas. Una nota que sobresalía decía:

Mejor tarde que nunca. ¡Feliz San Nicolás!

¡Brett! Tenía que ser ella. Con las botas en la

mano, bajó al apartamento del sótano para darle las gracias. En cuánto Brett abrió la puerta, Michael exclamó:

–¿Cómo has conseguido mis botas?

–Buenos días –respondió Brett.

Michael la besó. Fue un beso exuberante que la dejó sin aliento.

–¿Y eso?

–Ya sabes por qué. Pero dime cómo has sacado mis botas. Anoche las dejé junto a mi cama.

–No sé de qué me hablas –dijo Brett con una sonrisa.

Michael le mostró las botas.

–Te hablé de los regalos de mi infancia y ahora me encuentro esto.

Brett se limitó a alzar los hombros.

–Debe ser algo mágico.

–Ya, últimamente hay mucha magia en el ambiente.

–Eso parece –dijo Consuelo materializándose en el pasillo–. Dile a Frieda lo que me has dicho –ordenó a Michael–. No se lo cree y dice que estoy sorda y no he entendido. ¡Seguro! ¡Cómo si no lo hubiera sabido desde el principio!

–¿De qué habla? –preguntó Brett.

–Le dije que íbamos a casarnos.

–Las noticias vuelan.

–Especialmente en esta casa –dijo Michael. Y volviéndose hacia las dos mujeres, pasó el brazo por el hombro de Brett y anunció–: Nos pueden felicitar, vamos a casarnos.

–Ya te lo dije –repitió Consuelo.

–¿Por qué lleva sus botas en las manos? –preguntó Frieda.

–Se las ha encontrado en el umbral esta mañana –explicó Consuelo.

–San Nicolás me visitó anoche –añadió Michael.

–Un poco tarde, ¿no? –dijo Frieda–. San Nicolas fue hace unos días.

–Mejor tarde que nunca –murmuró Brett.

–Date prisa, Brett o llegarás tarde a tu boda –exclamó Keisha desde la puerta del baño de Brett quince días más tarde. El tiempo que habían tardado las autoridades en entregarles sus papeles.

–Hay tiempo de sobra –dijo Brett.

–¿Llevas el sostén milagroso que te regalé? –preguntó Keisha–. Una novia necesita algo viejo, algo nuevo, algo prestado y algo azul. Ese sostén puede ser lo que estrenas.

Brett se miró al espejo del baño. Su vestido, de los años treinta, era sin duda algo viejo. Lo había encontrado en una tienda de oportunidades que Keisha le había hecho descubrir. La falda larga y el cuerpo estrecho de seda y encaje color marfil le habían parecido irresistibles. Y el precio había sido un regalo, sobre todo porque el vestido quedaba perfecto con unos botines beis que ya poseía, factor que la había decidido.

–¿Te has dormido en el baño? –preguntó Keisha a través de la puerta cerrada.

–No te pongas nerviosa –sonrió Brett y se pintó los labios antes de mirarse y decidir que ya no podía arreglarse más. Abrió la puerta y se apoyó en el marco con un gesto teatral:

–¡Ta–chán! –exclamó.

–¡Estás guapíiiisima! –la felicitó Keisha y le tendió la mano para que la chocara en el aire–. Ese sostén va a hacer que Michael se desmaye.

–Espero que no –dijo Brett mirando su escote pronunciado con preocupación–. ¿Seguro que estoy bien? Espero que no parezca que llevo relleno. ¿No es exagerado?

–Claro que no. Tú echa los hombros atrás y no te preocupes.

–Gracias por tu ayuda, Keisha.

–Me encantan estas cosas. Te agradezco que me hayas dejado meterme en los preparativos. La despedida de soltera que te organizaron Consuelo y Frieda fue mucho más divertida de lo que hubiera imaginado.

–Fuisteis tan amables todas. ¡Y los regalos! El sostén, las ligas...

–No olvides la caja de herramientas.

–No lo olvido. Fue genial.

–Bueno, tenemos que movernos. ¿Ya estás lista? Por cierto, hablando de algo prestado, ¿llevas el pañuelo de Consuelo?

Brett asintió.

–Lo llevo debajo del sostén –dijo con una sonrisa antes de dar un abrazo a Keisha–. Gracias de nuevo.

En el ayuntamiento, ya había tres parejas esperando ante las salas de las bodas. Consuelo, Frieda y Keisha hacían turnos para entretener a Hope que estaba encantada con las atenciones. Tras quitarse el abrigo, Michael se sentó junto a Brett que estaba concentrada en uno de sus pasatiempos favoritos: observar a la gente. De las tres parejas de novios, los más jóvenes parecían incapaces de dejar de tocarse, y vestían camisetas y vaqueros.

La segunda pareja la formaban dos elegantes ejecutivos que se quejaban del retraso y del trastorno que éste podía causar a su planificación. La mujer utilizaba sin cesar el teléfono móvil y Brett la oyó decir a una secretaria:

–Esta cita del ayuntamiento se retrasa. Por favor, cambia mi cita de las dos de la tarde a las dos y cuarto.

Brett se hubiera sentido demasiado arreglada de no haber sido por la tercera pareja, la de más edad. El hombre parecía ser muy conocido en el ayuntamiento.

–¿De nuevo por aquí, Ray? –le dijo una de las funcionarias al verlo aparecer.

Ray llevaba un traje rojo con bordados dorados sobre una camisa roja y un sombrero de vaquero enorme y negro. Su novia parecía una chica de alterne directamente sacada de Las Vegas, pero treinta años después de sus buenos días. Iba vestida de verde, con un montón de tela acumulándose sobre su cuerpo de matrona feliz y rodeando sus hombros desnudos, en contraste con la melena rubia oxigenada.

–¿Este es tu octavo matrimonio, no? –preguntó con guasa la funcionaria.

–Sólo el séptimo –replicó Ray.

–Los gitanos creen que el siete trae suerte –murmuró Michael en el oído de Brett.

Brett intentó disimular la sonrisa, pero no pudo.

–Eso está mejor –sonrió Michael satisfecho–. Empezabas a estar tan verde como la papilla de espinacas de Hope o el horroroso vestido de esa señora.

–Me dices cosas muy bonitas, encanto –replicó Brett en tono burlón.

–Estás preciosa.

–Sí, claro. Verde y preciosa.

–Oye, así le ocurre a la rana Kermit.

–Has vuelto a leer los cuentos de Hope.

–Le gusta que le lea –dijo Michael.

Brett sabía por qué. A la niña le encantaba oir su voz. Y a ella le pasaba lo mismo. Se hubiera pasado la vida oyéndolo. La rana Kermit y la cerdita Piggy se volvían en su boca personajes de Shakespeare. Michael daría interés a cualquier cosa, incluso a la guía de teléfonos o a las instrucciones para cumplimentar la declaración de Hacienda. Aquel hombre tenía magia en la voz.

Brett se apretó las manos con un gesto de ansiedad.

–¿Crees que Hope se dormirá en la ceremonia?

–comentó mirando cómo al cabecita de la niña oscilaba sobre el hombro de Consuelo.

–Conociendo el amor de Hope por el caos, seguro –respondió Michael–. A condición de que el juez grite lo bastante fuerte.

El juez habló alto y Hope durmió durante toda la ceremonia, que fue tan breve que culminó antes de que Brett se diera cuenta.

–Puede besar a la novia –dijo el juez con impaciencia, deseoso de pasar a la siguiente pareja.

Lo raro era que Brett no se sentía casada. Ni siquiera cuando Michael la besó. Se sintió excitada y emocionada como siempre que la besaba. Pero no casada.

Después recibió los abrazos de las mujeres de la casa y todos se encontraron fuera. Dos taxis los llevaron a Love Street dónde un enorme cartel anunciaba «Recién Casados» sobre la puerta del apartamento de Michael. Mientras estaban casándose, los señores Stephanopolis se habían encargado de decorar el lugar. Tiras y lazos de papel blanco y rosa colgaban de la puerta, impidiendo casi el paso a los novios.

–¿En serio no quieres que nos quedemos con la niña esta noche? –ofreció Consuelo con ganas.

–No, muchas gracias.

–Bueno, pues nos quedamos con ella un par de horas para que podáis comer el banquete de la señora Stephanopolis tranquilamente.

–La cena ya está servida –dijo la responsable–. Todo está en fuentes cubiertas para que no se enfríe.

Con esas palabras, todos se alejaron por el pasillo dejando solos a los recién casados.

–La señora Stephanopolis debió quitarme la llave de tu apartamento ayer, cuando estaba trabajando en su casa –se excusó Brett, incapaz de decir por la expresión de Michael qué le parecía tanto festejo–. Siento todo el jaleo –dijo señalando la decoración.

–Me gusta mucho –dijo Michael, sorprendiéndola. Y aún la sorprendió más cuando la tomó en brazos.

–¿Qué estás haciendo? –exclamó Brett al verse en el aire, deseando no haber comido tanto la noche anterior en su despedida de soltera.

–¡Pero si no pesas nada! ¡Eres una cosita ligera!

Brett le dedicó una mirada asesina antes de decir:

–A mí no me llames cosita.

–Claro que no –dijo Michael con una mirada de astucia mientras reposaba los ojos en su escote, perfectamente expuesto–. Esto merece otra denominación.

Brett sintió que se ponía colorada.

–Agárrate –dijo Michael mientras se inclinaba a abrir la puerta y atravesaba la lluvia de papel–. Bienvenida a tu nuevo hogar, señora Janos –murmuró haciendo que se deslizara lentamente por su cuerpo antes de soltarla del todo.

–Qué maravilla –dijo Brett con voz soñadora, dejando que las sensaciones la invadieran. Cada vez que le abrazaba sentía algo que no era fácil definir... ¿Cómo describir su secreta alegría? No era posible. Sólo podía abrazar aquel sentimiento y guardarlo en su interior como un tesoro.

Encantado con su rostro arrebolado y feliz, Michael ni siquiera la había oído.

–¿Qué has dicho?

Ante su mirada curiosa, Brett decidió guardarse sus sentimientos para ella.

–He dicho que la mesa está maravillosamente puesta. Los señores Stephanopolis se han portado de una forma increíble, ¿no crees?

Michael asintió, acercándose a la mesa y retirando una silla para ella.

–Gracias –dijo Brett mientras se sentaba, sintiéndose repentinamente intimidada.

El vino tinto brillaba con la llama de las velas. Alguien había puesto la caja húngara como centro de mesa y a la luz de los candelabros ésta tenía un resplandor misterioso.

–Hoy he recibido mi copia del acuerdo prenupcial que firmamos –dio Michael con un tono práctico que contrastaba con el romántico ambiente.

Captando el tono, Brett respondió:

–Tambien ha llegado mi copia. Me parece muy sensato hacer eso –de hecho ella había insistido en la separación de bienes para ahuyentar cualquier duda sobre sus intenciones–. Tengo una amiga de la universidad que es abogada y ella preparó el acuerdo.

–Ya me explicaste. Por cierto, ¿qué va a ser de tu carrera en la universidad? No me has dicho si piensas continuar ahora que tienes a Hope.

–Hasta ahora no puede decirse que haya ido muy regularmente –suspiró Brett–. En realidad he ido a clase cuando el tiempo y el dinero me lo han permitido. Y así pienso seguir: sólo me he matriculado en una asignatura el semestre próximo.

Michael estuvo a punto de decir «ya lo sé», antes de recordar que él no tenía porque saber aquello. No tenía ganas de que Brett descubriera que había estado haciendo averiguaciones sobre ella, así que cambió de tema.

–Esto tiene buena pinta, ¿verdad?

Brett asintió y tomó su cubierto. De entrada había ensalada griega y aunque todo estaba delicioso, Brett no hubiera podido decir qué contenía cada plato. Estaba demasiado ocupada pensando en satisfacer otra clase de apetitos.

Mientras comían, miró discretamente la hermosa boca de Michael. La línea poderosa de la mandíbula comenzaba a mostrar la sombra de un día sin afeitar. Sabiendo que estaría perdida si se ponía a mirar la belleza mágica de sus ojos, mantuvo la vista baja casi toda la comida. Le había bastado fijarse un segundo en sus labios para no pensar en otra cosa que en besarlos. Así que se lanzó sobre el pastel de bodas con un entusiasmo impropio de una dama.

Una llamada en la puerta la hizo sobresaltarse.

–No es nada –dijo Michael, y antes de ir a abrir le puso la mano en el hombro para tranquilizarla.

–Oh, todavía estáis cenando –dijo Frieda en la puerta.

–Te dije que nos quedáramos con la niña más tiempo –la regañó Consuelo que estaba a su lado.

–No, está bien así –interrumpió Brett acercándose al grupo–. Ya estábamos terminando.

–Venga, denme a la niña –dijo Michael, colocando a la pequeña sobre su brazo–. Te va a manchar tu precioso vestido –observó mirando a Brett.

Ésta quiso aprovechar la ocasión para salir huyendo hacia su apartamento. Pero entonces se dio cuenta de que ya vivía con Michael, y que su ropa estaba en una maleta sin deshacer en el dormitorio que le correspondía.

Consuelo la miró con nostalgia:

–¿Seguro que tomamos fotografías suficientes en el ayuntamiento? ¿No deberíamos hacerte otras antes de que te cambies?

–Pero si hemos usado tres carretes –le recordó Frieda.

–Supongo que tienes razón. Pero es que todo el mundo está tan guapo.

–Gracias por el vestido de Hope –dijo de nuevo Brett, acariciando el vestido de encaje que llevaba la niña.

Todos rieron cuando Hope tiró de la banda elástica que llevaba en la cabeza y la dejó colgando sobre su nariz. La pequeña los miró con la mayor confusión.

Al captar la mirada de devoción de Michael por

la niña, Brett supo con claridad que estaba loco por la pequeña. Decidió que había hecho bien en casarse con él. Pero lo que no estaba bien era empezar a emocionarse y a exigirle lo que no podía dar. A exigirle amor.

Más tarde, mientras Michael preparaba a la niña para la cama, jugando a «este cerdito ganó la liga», Brett se esforzó en matar sus ilusiones y se repitió una y otra vez que Michael sólo se había casado con ella para cuidar mejor de Hope.

Y por eso mismo se había casado ella. El hecho de que estuviera enamorada de él no debía interferir en su relación. A menos que él llegara a sentir lo mismo por ella. Si es que tal cosa era posible.

Michael pasó el brazo por los hombros de Brett mientras ambos miraban a Hope dormirse en su cuna. Al sentir la rigidez de Brett, Michael malinterpretó sus motivos y dijo en voz baja:

–Puedes relajarte. No pienso tomarte en brazos otra vez esta noche, ni espero nada. Tenemos mucho tiempo para acostumbrarnos a esta historia del matrimonio. No hay prisa, ¿verdad?

–Desde luego –para él el matrimonio era una historia. Para ella era el más acariciado deseo de un corazón que casi había olvidado la esperanza.

–¿Dónde coloco esta caja? –preguntó Michael al día siguiente.

–De momento déjalo en el salón –contestó Brett desde la cocina, mientras arreglaba los cajones y armarios más bajos para que los dedos curiosos de Hope no pudieran abrirlos. Brett ya había puesto quitamiedos en las ventanas y colocado protectores en todos los enchufes de la casa.

–¿El salón? Está tan lleno que casi no quepo yo –protestó Michael observando la acumulación de cajas y objetos infantiles.

–No te oígo. ¿Qué dices?

–Nada –Michael dejó la caja sobre otras que estaban colocadas contra una pared. Habían traído los muebles de Brett por la mañana, los dos solos, aunque la joven había ofrecido a su grupo de delincuentes juveniles para la mudanza. Por supuesto, Michael se había negado.

Estaba a punto de darse un respiro y sentarse un rato en la mecedora cuando llamaron a la puerta.

–Ya voy –dijo.

Abrió y se encontró a sus padres y a su hermana en el umbral.

–Perdona que nos presentemos así –dijo Gaylynn–. Pero venimos del aeropuerto y mamá quería saludarte.

–No podía esperar más –dijo su madre y le echó los brazos al cuello para besarlo–. ¡Hace tanto que no te veo!

Al observar las cajas, muebles y general desorden del salón, se detuvo y preguntó:

–¿Qué pasa aquí? ¿Te estás mudando otra vez?

–No, mamá, no me estoy mudando. Acabo de casarme.

Capítulo Siete

La hermana de Michael, Gaylynn, fue la primera en recuperar el habla.

–Estás de broma, ¿no?

–No, hablo en serio –y al ver a Brett en el umbral de la cocina, la tomó por el brazo y la arrastró hasta su familia–. Esta es Brett, mi mujer.

–¿En serio estáis casados? –repitió Gaylynn, expresando el asombro que mostraban los rostros de los progenitores.

–Ya te lo he dicho –insistió Michael, con irritación.

–Muy bien, Michael –esta vez fue Brett la que se mostró indignada–. También podías haberles dado con un martillo en la cabeza.

–Es una experta en mantenimiento –explicó el hombre–. Por eso habla de martillos.

–¿Qué dices que es? –repitió su madre con horror.

–Nada grave, mamá –sonrió Michael pensando que su madre veía demasiada televisión y pensaba que el mundo estaba loco–. Quería decir que contraté a Brett para que supervisara el mantenimiento de la casa, para arreglar cosas. Y así nos conocimos.

–¿Y eso cuándo fue? –preguntó su madre recuperando poco a poco el color.

–Hará un mes.

–Entonces es una boda relámpago.

–Es la caja –dijo su padre de repente–. Es la responsable.

Michael suspiró.

–Vamos, papá, no empieces con la superstición.

–La caja es bahtali, no superstición.

–¿De qué estáis hablando? –intervino la madre.

–La tía abuela Magda le envío una caja –explicó su padre.

–¿Nuestro hijo acaba de casarse y no se te ocurre hablar de otra cosa?

–Es la caja de los gitanos –explicó el padre con paciencia.

Señalando a Brett, la madre dijo:

–Y ella es una esposa americana –yendo hacia su inesperada nuera, tendió la mano con gracia–. ¿Cómo está usted? ¿Así que se llama Brett, verdad?

Brett asintió.

–Pues bien, me alegra ser la primera en darle la bienvenida a esta familia de locos.

–Gracias, señora Janos.

–Debes llamarme Maria. Y este es mi marido Konrad. Y nuestra hija Gaylynn.

–¿He oído llorar a un bebé? –preguntó Gaylynn.

–Es Hope –dijo Brett–. Está llorando porque se ha despertado y no ha visto a Michael.

–¿La niña es tuya? –preguntó Maria.

–La niña es nuestra –dijo Michael de inmediato.

Su madre lo miró como si estuviera a punto de desmayarse.

–Vamos a adoptarla –explicó Brett rápidamente–. En realidad no es nuestra hija biológica.

–Creo que tengo que sentarme –dijo Maria y dio un paso en el salón.

–Siento que encuentren este desastre –se disculpó Brett quitando una manta de encima de una silla–. Acabo de cambiar mis muebles y no hemos terminado de poner orden. Será mejor que nos sentemos en la mesa de la cocina. Es el lugar más ordenado.

–Porque nunca entro allí –explicó Michael antes de que Brett le diera un golpe en las costillas.

–Yo voy a buscar a Hope –dijo Brett viendo el campo abierto.

En la seguridad de su habitación, abrazó a la niña y la calmó, mientras su mente intentaba ordenar las impresiones causadas por su familia política. El padre de Michael tenía los mismos pómulos marcados e impresionantes ojos color miel que su hijo. Su madre parecía una mujer del viejo mundo por los cuatro costados. Y la hermana, con su sonrisa franca y sus ojos castaños parecía una joven directa y lista, alguien con quien Brett podría simpatizar de inmediato. Pero, ¿iba a querer Gaylynn o alguien de su familia simpatizar con ella? Esa era la pregunta.

–Miklos, será mejor que me lo expliques desde el principio –le dijo su madre con la voz severa que utilizaba tan solo cuando Michael había hecho algo terrible, como tirarse de un tejado cuando tenía seis años.

–Es una larga historia –dijo éste.

–No pensamos movernos. Voy a preparar el té mientras hablas e intentas explicarme por qué no podías esperar e invitar a tus padres a tu boda –Maria entró en la cocina, esperando que la familia la siguiera.

Lo hicieron.

–No ha sido una boda por la iglesia ni nada así. Nos casamos en el ayuntamiento –explicó Michael sentándose a la mesa de la cocina.

–¿No te habrás casado el día catorce, verdad? Es mal día para una boda –declaró el padre.

–No, no era el catorce sino el veintiuno –replicó Michael.

La madre no parecía muy contenta con la conversación.

–¿Ayer? ¿Me estás diciendo que te casaste ayer?

¿Y no podías esperar un día a que volviéramos? ¿Por qué tanta prisa?

–Por el bebé. Queremos adoptarla lo antes posible.

–Y eso es otra cosa –señaló la madre acusándole con la cuchara–. ¿Desde cuándo te gustan los niños?

–Desde que conozco a Hope. Espera a verla, mamá y verás por qué lo digo. Es algo especial. Una rompecorazones.

–Nunca te habías fijado en un bebé.

–Porque lloraban en cuanto me acercaba a ellos.

–Pues parece que esta niña también sabe llorar –apuntó Maria siempre recelosa.

–Desde luego –reconoció Michael de buena gana–. Pero ésta deja de llorar cuando la tomo en brazos.

–Eso tendré que verlo para creerlo –dijo su hermana.

–Te quiere a ti –dijo Brett entrando en la cocina y tendiéndole el bebé a Michael.

Michael tendió los brazos asombrando a su familia con su habiliad y soltura. Para colmo, Hope dejó de llorar inmediatamente.

–Es increíble –dijo Gaylynn admirativamente.

–Me he entrenado mucho en los últimos días –admitió Michael con modestia.

–Pues yo sigo esperando una explicación –le recordó Maria con seriedad. Pero su gesto grave se deshizo cuando Hope le dedicó la primera sonrisa desde el hombro de Michael–. Oh, es una monada. ¿Me dejará que la abrace?

–Claro que sí –replicó Michael–. ¿Verdad, Hope? ¿Estás lista para conocer a tus abuelitos, cielo?

Mientras su madre mecía a Hope y el resto le hacía gracias a la niña, Michael sacó a Brett del cuarto para tener unas palabras con ella en privado.

–Ya sé que al principio te dije que no habría fugas si hablaba con mi amigo policía y luego se estropeó todo, pero ahora necesito decirle la verdad a mi familia –dijo en voz baja–. No van a traicionar nuestra confianza. Si se lo pedimos, no dirán a nadie la verdad. ¿Qué dices?

–Tenemos que decirles algo y la verdad será lo mejor. Ya has liado las cosas bastante –respondió Brett con irritación.

–No esperaba que pasaran a vernos tan pronto –se justificó Michael.

–Ya, pues esta vez déjame hablar a mí.

Al final, Brett les contó toda la verdad, la forma en que se había encontrado con el bebé abandonado y el peligro de ser descubiertos por la asistente social y que les arrebataran a la niña.

Brett terminó su relato con las siguientes palabras:

–He vivido en hogares adoptivos casi toda mi infancia y no puedo soportar que Hope pase por lo mismo –se planteó contarles que no podía tener hijos, pero no encontró fuerzas para hablar de ello. El inesperado encuentro con la familia de Michael había minado su ya escasa confianza.

–Teníamos que hacer algo rápidamente –concluyó Michael–, para no perder a Hope.

–Perderla sería terrible –dijo Maria con una sonrisa dulce.

–Gracias, mamá. Sabía que lo entenderías.

La familia intercambió tiernos abrazos mientras Hope reía con placer.

Más tarde, mientras las tres mujeres seguían charlando y jugando con el bebé, Michael apartó a su padre y lo llevó al salón.

–Venga, papá, llevo semanas esperando a que me expliques qué es esa caja.

–Pues la caja contiene un encantamiento amoroso que afecta a cada segunda generación de Janos desde... el siglo dieciocho, creo.

–¿Un encantamiento amoroso? –repitió Michael.

Su padre asintió.

–¿Y sólo afecta a la segunda generación?

–Eso es.

–¿Y quién es?

–Pues tú, y tus hermanos, desde luego.

–Genial.

–¿Quieres oír la leyenda o no? –replicó Konrad.

–Perdón. Cuenta.

–La leyenda familiar dice que había una hermosa gitana que se enamoró de un hombre noble, pero su amor era imposible pues él era conde...

–¿Qué conde? –interrumpió Gaylynn entrando.

–No te metas en esto –le dijo Michael.

–Si es una leyenda de la familia, tengo tanto derecho como tú a oírla –y notando la mirada de Michael en dirección a la cocina, Gaylynn añadió–: Mamá y Brett se entienden como si se conocieran de toda la vida. Se están contando sus historias y aún les falta un rato. Vamos, sigue, papá.

–¿Por dónde iba? –preguntó Konrad.

–Por una bella gitana y un conde... –contestó Gaylynn.

–Ah, sí. El conde no correspondía a sus sentimientos y la joven preparó un encantamiento amoroso para él. Pero para pagar dicho conjuro entregó lo único de valor que tenía, la caja grabada que llevaba años en su familia. El problema es que el conjuro fue lanzado por un shuvani que lo estropeó todo. Avergonzado de su error, devolvió la caja a la joven.

–¿Cómo lo estropeó todo? –preguntó Gaylynn.

–El encantamiento saltó de generación. La segunda generación de Janos encontrará el amor dónde lo busquen, frase que fue tomada literalmente. La primera persona del sexo opuesto que vean tras abrir la caja será su amor. Y nosotros somos los descendentes de la chica gitana.

–¿Y por qué nadie me había hablado antes de esa historia? –dijo Michael.

–No es una historia –replicó su padre–. La caja

encantada es real y al parecer ha causado unas cuantas relaciones extrañas en el pasado. El conjuro no se aplica a tu madre y a mí. Pero tus abuelos –Konrad movió la cabeza–... Les dio muy fuerte. Mi madre era una violinista con mucho talento. Tocaba en la filarmónica de Budapest en los años treinta. Había heredado la caja cuando murió su abuela. Mi padre era un mecánico de coches más joven que ella que estaba arreglando el coche de la familia. Les bastó mirarse y se enamoraron. Entonces estalló la segunda guerra mundial y mi padre fue enviado al frente. Mi madre escapó por los pelos al campo de concentración por su sangre gitana. Pero quedó deshecha cuando mi padre murió al final de la guerra. Yo era su único hijo. Vivió lo suficiente para verme casado, pero siempre he sentido que no conociera a sus nietos –su padre se limpió una lágrima de emoción–... Hubiera estado tan orgullosa de sus nietos.

Tras tomar aire, Konrad prosiguió:

–Tu tía abuela Magda era la hermana de tu abuela. Ella te ha enviado al caja, Michael. Me acuerdo de Magda jurando que nunca abriría la caja cuando le llegó a ella el turno. La caja pasa a los hermanos, del primogénito al menor y ahí sigue hasta que tiene que saltar una generación. Por lo que yo sé, Magda nunca quiso abrir la caja y nunca se casó. ¿A quién miraste tras abrirla, hijo?

Los ojos de Michael fueron hacia la cocina.

–Ah, así que fue Brett. Entonces esta boda es por amor al fin y al cabo –dijo el padre con un brillo en los ojos–. Y teniendo en cuenta que vives en Love Street, esto es bahtali.

Michael se sintió incómodo.

–Ya te he dicho que nos hemos casado por la niña.

Su padre hizo un gesto amplio con la mano.

–Es el encantamiento.

–¿Y qué significa la llave dentro de la caja? ¿Qué dice la leyenda de eso? –preguntó Michael.

Konrad lo miró con sorpresa.

–No sé nada de una llave. Enséñamelo.

Michael fue a buscar la caja que había estado sobre el aparato de música. Pero ya no estaba ahí.

–Brett –llamó–, ¿sabes dónde está la caja de Hungría?

–No –respondió ella desde la cocina–. Con todo el lío que hay en tu apartamento, puede estar en cualquier sitio.

–No pasa nada –dijo Konrad–. Ya me la enseñarás la próxima vez que venga. ¿O en la noche de Navidad? ¿Vendrás a casa con Brett y Hope, verdad?

–Pues claro.

–Siento no saber nada sobre el contenido de la caja –continuó Konrad–. Sé que hay más historias de parejas afectadas por el conjuro. No me acuerdo de todas, pero tu madre las escribió hace mucho cuando mi madre se las contó una a una. Debe tener ese cuaderno en alguna parte.

–No te preocupes. Lo que pasa es que quería saber qué abría la llave. Quizás un cuarto de una casa o un cofre. La llave es muy antigua, de plata y grabada.

–¿No se te ha ocurrido que esa misteriosa llave puede abrir tu corazón? –sugirió Konrad con ironía.

–Venga, papá, sé que no crees en esas cosas.

–La magia sólo sirve para que ocurra lo que uno quiere que ocurra. No vale la pena luchar contra ella. Hay viejos modos de hacer las cosas y tienen mucho poder. Recuérdalo y déjate llevar.

–¿No crees que Hope es demasiado joven para entender lo que ve? –preguntó Brett a Michael mientras empujaba la silla de la niña por los pasillos del museo de Arte e Industria.

–Es lo bastante mayor para divertirse –respondió Michael–. ¿Qué llevas en esta bolsa además de pañales? Pesa una tonelada.

–Salir con un bebé exige llevar un montón de cosas... el biberón, el agua, la manta, juguetes, pañales...

–Unos pesos de veinte kilos... –siguió Michael en el mismo tono de enumeración.

–Oh, vaya, eso me lo dejé en casa.

–Tú pareces tan contenta como Hope.

–Me encanta venir al museo. Sobre todo a ver la exposición de la Navidad en el mundo. Me acuerdo de la primera vez que la visité... Debía tener unos cuatro años. Vivía entonces con una familia muy agradable. Me acuerdo de la señora que olía siempre a vainilla. Y me trajeron a ver esta exposición. Vimos los árboles y me parecieron inmensos. Nunca lo he olvidado, quizás porque me llevaron a otra casa poco tiempo después. No sé por qué, nunca lo entendí. A lo mejor la mujer iba a tener un hijo. En todo caso nunca volví al museo hasta los trece años, y entonces vine por mi cuenta. Me paseé durante mucho tiempo, pensando qué países iba a visitar según su Navidad y su forma de decorar las casas. Fue sólo un sueño, claro. Nunca he podido viajar a ningún sitio. Al menos por ahora. Quizás algún día...

Para su sorpresa, Michael comentó.

–Es bueno tener sueños.

–Estoy segura de que nunca habías soñado que serías un hombre casado, empujando una silla de bebé.

–Eres tú la que empuja la silla.

Cuando se acercaron a la entrada de la exposición navideña, Brett dijo:

–No creo que Hope vea nada desde la silla. Podrías tenerla en brazos y poner la bolsa en la sillita.

–Buena idea. Hope pesa mucho menos que la bolsa, ¿no es verdad, pequeño monstruo?

Brett alzó los ojos al cielo al oírle y luego les siguió, impresionada al ver cómo Hope abría los ojos ante los árboles decorados que Michael le señalaba y explicaba.

Ocultó una sonrisa cuando Michael fue leyéndole los carteles explicativos a la niña que intentaba parlotear y le estaba babeando su camisa nueva sin que se inmutara.

Brett estaba a punto de babear también, pero se limitó a sacar un pañuelo y limpiar a la niña. Cuando se dio la vuelta, se encontró con una hermosa mujer que saludaba a Michael.

—¡Mike! ¡Qué sorpresa encontrarte aquí! Creí que odiabas las masas. Oh, Dios mío, no puedo creerlo. ¡Si tienes un bebé en brazos!

—¿Por qué es tan raro? —replicó el interpelado en tono defensivo.

—Vamos, ¿tú con un bebé? Debes admitir que es una extraña imagen. ¡Un hombre que se pone nervioso si una mujer hace un comentario sobre su salón!

—He cambiado.

—¿En un mes? Creo que nos vimos a principios de noviembre. Fuimos a ese restaurante francés tan coqueto, ¿te acuerdas? —su voz bajó de forma seductora mientras le ponía la mano en el brazo.

—Pero ahora estoy casado —anunció Michael con gesto sombrío.

—¡Venga, hombre! —rió la mujer de buena gana—. ¿Es una broma o algo así?

—¿Te parece que me estoy riendo? —replicó Michael apartándose un poco.

La mujer lo miró desconcertada.

—Me dijiste que jamás ibas a dejarte atrapar por las cadenas del matrimonio. Hace menos de un mes declarabas que no había nacido la mujer que pudiera hacerte renunciar a la independencia.

—He cambiado de opinión —masculló Michael.

Alzando la ceja y mirando a su marido, Brett intervino:

—¿No vas a presentarme a tu amiga, Michael?

—Brett, ésta es...

—Adrienne —dijo la mujer perfecta con una sonrisa de anuncio de dentífrico—. ¿Y tú eres?

—La mujer de Michael —dijo Brett tendiendo deliberadamente su mano izquierda, con el anillo. Sólo le faltó ponérselo bajo la perfecta nariz de Adrienne para mostrarle su estado civil.

—¿Y cuándo ha sido el feliz evento? —preguntó Adrienne volviéndose hacia Michael—. Ninguno de tus amigos parece saberlo.

—Tuvimos una ceremonia privada —explicó Michael.

—Te llamaré después de las fiestas y podemos vernos. Con los demás amigos. Será genial hacer una fiesta y claro, que venga Bitsy —dijo Adrienne con tono seguro.

El mal humor de Brett estalló ante la grosería de la mujer.

—Me llamo Brett, señora, y lo que me gustaría hacer es...

—Movernos —dijo Michael tirándola del brazo—. Eso es lo que nos gustaría hacer. Nos vemos —y arrastrando a Brett siguió avanzando.

—Vamos a cambiar tu número de teléfono —dijo Brett en cuanto perdieron de vista a Adrienne.

—Si sólo salí con ella una vez.

—¿Eso hiciste con ella? ¿Salir?

—Sí.

—¿Vosotros... no? ¿Ya sabes? —preguntó Brett con un vago gesto de la mano.

—Nosotros no... ya sabes —bromeó Michael, repitiendo las palabras y el gesto.

Dos puestos navideños más lejos, Brett volvió a preguntar.

—Pero te llamó Mike.

–Un nombre de dos sílabas es un esfuerzo demasiado grande para Adrienne –explicó Michael con sorna.

Brett le dio un golpe en el brazo. Hope, creyendo que era un juego, rió y le golpeó en la mandíbula.

–¡Oh! Las dos mujeres de mi vida me están pegando –se quejó Michael.

Su comentario no distrajo a Brett del asunto principal.

–Si tienes tan mala opinión de Adrienne, ¿por qué saliste con ella?

–Ella se empeñó en salir conmigo.

–¿Y por qué dijiste que sí?

–Estaba tonto en esa época.

–¿Tonto, eh?

Michael asintió.

–Supongo que es una excusa tan buena como otra cualquiera –pronunció Brett.

En ese momento un grupo de adolescentes los empujaron para mirar y Michael pasó un brazo protector por los hombros de Brett, como defendiéndola del resto del mundo.

–Ahora tengo mejor gusto –susurró en el oído de Brett, dejándola muerta de ganas de besarlo, ya que habían empezado.

–No todo el mundo estaría de acuerdo con esa afirmación –replicó Brett sin aliento.

–Pues serían unos cretinos –murmuró Michael antes de soltarla.

Toda la familia estaba reunida frente al árbol de Navidad, en casa de los Janos, momento que el cabeza de familia aprovechó para hacer un brindis.

–*¡Egeszegere!* –exclamó Konrad chocando la copa con el resto.

Brett ni siquiera intentó repetir el brindis en húngaro sino que exclamó:

–¡Salud!

Imitando a los otros, Brett se bebió el licor de un trago, sin pestañear.

–No es tan bueno como el palinka hecho en casa –declaró Konrad–. Pero es mejor que nada.

–Whaaa... ¿qué ha sido esto? –logró decir Brett cuando recuperó el habla.

–Es un licor local –replicó Michael, dándole golpecitos en la espalda–. ¿Estás bien?

–Sí –dijo Brett preguntándose si su voz sonaba como la de Lauren Bacall–. Las cuerdas vocales no me servían de nada.

–Me parece que es un poco fuerte al principio –asintió Michael.

–Dylan dice que toda nuestra familia es un poco fuerte al principio –explicó Gaylynn sonriendo.

–Dylan es mi hermano pequeño –dijo Michael dirigiéndose a Brett–. Es el aventurero de la familia.

–Esta mañana me ha llamado –intervino Maria–. Creo que dijo que está en Nuevo México.

–A mí me llegó una tarjeta hace un par de semanas –añadió Michael.

–¿Y te ha escrito tu amigo Hunter Davis de Carolina? –preguntó Gaylynn en tono ligero.

–Sí, claro. Ese es más fácil de seguir que Dylan. La postal que me mandó mi hermanito venía de Oklahoma, no de Nuevo México.

–Ese chico nunca va a sentar la cabeza –suspiró Maria.

–Tenemos que abrir nuestros regalos antes de cenar –dijo Gaylynn cambiando de tema.

–Oh, niña –la regañó su madre–. Eres la más impaciente. Incluso te adelantaste tres semanas al nacer.

–Venga, mamá. Brett no quiere oír tus historias infantiles, ¿verdad, Brett?

Brett se pasó la mano por la garganta con un gesto de impotencia.

–Buen momento para perder la voz –rió Michael–. No dejes que mi hermana te meta en sus líos.

–Yo me meto en líos solita –dijo Brett con una sonrisa.

–Venga, vamos a abrir los regalos –dijo Konrad con un palmada. Dijo una breve plegaria que Brett no comprendió y se inclinó bajo el árbol–. Aquí hay uno para ti, Brett.

Brett nunca había abierto tan temprano los regalos, pero Michael le había explicado que en casa de sus padres los regalos se abrían antes de la cena y la cena tenía lugar cuando brillaba la primera estrella en el cielo.

Hope estaba sentada en su silla, canturreando mientras rompía trozos de papel. Brett abrió su regalo y se quedó sin habla al ver un hermoso vestido rojo de fiesta de aspecto antiguo.

–¿Te gusta? –preguntó Maria.

Brett asintió.

–Qué bien.

–El rojo trae suerte –explicó Konrad–. Ahora abre éste –añadió tendiéndole un paquete pequeño.

Dentro había un vestido para Hope, también rojo.

–Es un conjunto para madre y bebé –explicó Maria–. Los tengo desde el nacimiento de Gaylynn. Y ahora quiero que los tengáis vosotras dos.

–No sé cómo darle las gracias –dijo Brett.

Maria le rozó el hombro con simpatía.

–Veamos cómo le queda a Hope, ¿de acuerdo?

Por supuesto la niña estaba adorable con el traje rojo.

–Espera, hay un regalo para mí que debo abrir antes de seguir con esto –dijo Michael y sacó del papel una cámara de vídeo con la cinta dentro y dispuesta para grabar.

Después todos empezaron a abrir regalos y soltar exclamaciones de placer e intercambiar abrazos y besos. Brett le había comprado a Michael algo necesario, una camisa nueva. Pero también tenía otro regalo que no se había atrevido a poner bajo el árbol. De ahí su enorme sorpresa cuando vio los elegantes calzoncillos de seda negra en manos de Michael.

–¿De dónde han salido? –preguntó con cierta aprensión.

–Me parece que me los has regalado tú.

Brett no podía negarlo, pero no tenía ni idea de cómo habían llegado al árbol. Era cierto que por la mañana se había dedicado a embalar cosas, pero hubiera jurado que aquella prenda se había quedado en su bolsa, en casa, pues tenía la intención de devolverlos. Los había visto por vez primera en la tienda de lencería de la hermana de Keisha e inmediatamente imaginó cómo le quedarían a Michael.

–¿Son o no son tuyos? –preguntó éste.

–Sí –reconoció Brett alzando la barbilla.

–Gracias –Michael la miró con un brillo en los ojos que hacía pensar en las llamas del infierno–. Y ahora te toca abrir mi regalo.

Una vez más Brett tenía dificultades para hablar, de manera que asintió y abrió su paquete.

–Es muy pequeño para ser un martillo –dijo en broma.

–No creas –replicó Michael mientras Brett sacaba un pequeño estuche del envoltorio. Dentro había un delicado martillo de oro con una cadena a juego–. ¿Te gusta? –preguntó rápidamente.

–Es precioso –susurró Brett–. Gracias –le dio un abrazo rápido pues no quería cohibirlo mostrando su amor ante sus padres.

–Está a punto de salir la primera estrella –anunció Konrad–. Será mejor que nos pongamos a la mesa.

Michael tomó un último plano de Hope cubierta de lazos y papeles antes de que toda la familia se sentara ante la mesa hermosamente dispuesta y llena de manjares, aunque sin carne. Tomaron sopa de calabaza, pescado al horno, arroz y verduras, pan casero y diferentes postres.

Después de cenar cantaron canciones de la tierra con Maria al piano. Michael había heredado la hermosa voz de su padre, y lo demostró, y después todos rieron comentando el espantoso oído de Dylan.

–El cura llegó a pedirle en misa que no cantara y se limitara a decir las palabras –recordó Konrad riendo mientras todos se preparaban para ir a la misa del gallo.

Brett preparó a Hope, ayudada por Maria, momento que Gaylynn aprovechó para hablar con su hermano.

–Y yo que pensé que era la audaz de la familia y tú vas y te casas de esta forma tan precipitada. Pero ya entiendo por qué. Brett me encanta, hermano. Por una vez has acertado.

–Me alegra tener tu consentimiento –dijo Michael burlonamente.

–Sabía que lo necesitabas –replicó Gaylynn sonriendo–. Feliz Navidad –añadió dándole un beso.

Él le dedicó un abrazo de oso en recompensa.

–Feliz Navidad, enana.

Sólo al volver a casa, Michael se dio cuenta de que no habían encontrado la caja húngara y que había olvidado preguntarle a su padre por las demás historias.

Brett se agitaba en la cama, queriendo despertar, pero atrapada por una pesadilla. En su sueño, Michael, Hope y ella estaban reunidos bajo el árbol de Navidad, y celebraban las fiestas a la vez que sentían una amenaza cernirse sobre ellos. De pronto alguien entraba en la habitación y le arrancaba a la niña de los brazos.

—¡No es tu bebé! —gritaba entonces una mujer furiosa— ¡Es mía! ¡No es tuya! ¡Mía!

Las palabras se repetían obsesivamente mientras Brett intentaba gritar, intentaba recuperar a Hope... Pero no podía moverse, paralizada, con un aullido de angustia en la garganta.

—¡Nooooo!

El sonido de su propio grito despertó a Brett.

Segundos más tarde, Michael entraba en el cuarto, sin más ropa que los calzones de seda negra que Brett le había regalado.

Capítulo Ocho

Michael se sentó junto a ella en la cama y susurró su nombre, tomándola entre sus brazos. Brett hundió la cara en su hombro desnudo, con el corazón desbocado por el terror que le había provocado la vívida pesadilla.

–Shh, cielo, no tengas miedo –murmuró Michael para tranquilizarla mientras le pasaba los dedos por el cabello–. Sólo ha sido un sueño.

–Pero parecía tan real –susurró Brett.

–¿Qué era, cielo? ¿Qué estabas soñando?

–Se llevaban a Hope.

–¿Quién? –Michael le acarició los hombros.

–No lo sé. Era una mujer. Estábamos sentados bajo el arbol de Navidad y yo era feliz. Y entonces aparecía y decía que Hope no era mía, que era suya. No la reconocía, pero se llevaba a Hope. ¡Se la llevaba!

–Shh. Hope está en la cuna. Mira –se apartó para que Brett tuviera una visión clara de la niña que dormía apaciblemente.

Al verla, Brett se sintió aliviada y a la vez avergonzada por haber reaccionado así ante lo que sólo era un mal sueño.

Se apartó de su abrazo. Se llevó la mano a la cara y encontró su mejilla empapada por las lágrimas que había vertido durante el sueño.

–Lo siento –dijo y se secó la cara con un gesto tímido de sus temblorosos dedos–. No quería despertarte. Vuelve a dormir. Yo estoy bien. Por favor, vete a la cama.

Pero Michael no tenía la intención de hacerlo.

–Échate a un lado –ordenó.

Brett obedeció automáticamente, sin preguntarse qué iba a hacer.

Sin una palabra, Michael levantó las mantas y se metió en la cama junto a ella, colocando de nuevo la ropa de cama.

Rodeándola con delicadeza con sus brazos, se dispuso detrás de ella de manera que Brett se sentía completamente protegida por su cuerpo.

–Duérmete –le susurró al oído–. Yo estaré aquí.

–No puedo dormir contigo en la cama.

–Claro que puedes.

Michael movió el brazo para ponerlo en su cintura, asegurándose de mantenerlo a distancia de su pecho. Y entonces comenzó a contarle la forma en que su familia había celebrado las navidades durante años. Utilizó a propósito un tono dulce y neutral que pretendía dormirla.

Sólo cuando la sintió relajarse y escuchó el sonido dulce de su respiración, se atrevió a besar con ligereza la pálida piel de su nuca mientras susurraba:

–Ya no estás sola, Brett. Y no volverás a estarlo.

–Nunca había celebrado el día después de Navidad, pero ahora que he empezado, creo que me gusta –dijo Keisha al día siguiente mientras ella y Brett elegían comida junto a la mesa de buffet.

–Se me ocurrió cuando era una niña y visitaba la exposición de la Navidad en el mundo –explicó Brett mientras mordía un trozo de pan preparado por Frieda.

–¿Siguen haciendo eso? Recuerdo que me llevó el colegio hace mil años.

–Pues sí, lo siguen haciendo. Michael, Hope y yo fuimos la semana pasada a verlo. El caso es que cuando fui independiente empecé a celebrar el día después de Navidad con amigos; es estupendo para deshacerse de los restos.

–Es cierto –asintió Keisha, mojando pan en la salsa preparada por Consuelo–. Y ha sido genial que nos invitaras a todos.

–Espero que Michael esté de acuerdo. Yo os invité cuando aún vivía en mi propio apartamento.

–Que ahora está vacío. ¿Piensa Michael alquilarlo a alguien?

–Ni idea. Ni siquiera hemos tenido tiempo de hablar de eso. Oye, antes de que lo olvide, quería decirte que estoy encantada de que Tyrone haya podido venir al fin. Llevaba semanas cruzándome con él y oyendo hablar de él.

–Es estupendo, ¿verdad? –dijo Keisha con orgullo.

Brett asintió. En contraste con su espontánea y alegre esposa, Tyrone era un hombre callado y más introvertido. Pero parecía muy contento charlando con Michael sobre su trabajo en el hospital.

El señor Stephanopolis se acercó a ellas cuando Keisha decía:

–Nos han invitado a una fiesta Kwansa esta noche.

–Nunca he entendido por qué quieren celebrar Kansas –declaró el hombre al oírla.

–¿Quién habla de Kansas? –dijo Keisha.

–Kwansa –le explicó Brett con una sonrisa.

–Es la fiesta de la comunidad y la celebración de nuestro origen histórico –añadió Keisha.

–Eso es importante –reconoció su vecino–. Y pensar que todo este tiempo creía que celebraban Kansas. Tengo que decírselo a mi esposa. Me encanta saber algo que ella no sabe. ¿Me disculpan, señoras?

Keisha y Brett intentaron no echarse a reír y chocaron sus copas de sidra, de manera que Brett terminó con burbujas en la nariz. Michael llegó entonces y comenzó a darle palmadas en la espalda para que no se atragantara, todo sin dejar ni un instante de discutir de la liga de fútbol con Tyrone.

Brett se moría de ganas de hacer algo escandaloso como ponerle la mano en el trasero a su esposo o morderle su encantador labio inferior, pero se contuvo, mirándolo mientras se alejaba charlando de nuevo.

Cuando los dos hombres se separaron, Keisha comentó:

—Te ha dado fuerte, ¿eh?

—¿Tanto se me nota? —preguntó Brett con un suspiro.

—Babeas con ese hombre más o menos como Hope con la comida.

—¡No es verdad! —exclamó Brett.

Keisha sonrió y le tendió irónicamente una servilleta de papel.

La llegada de la familia de Michael obligó a cambiar la conversación. Brett los había invitado y se alegró al verlos aparcer. Maria trajo un pastel delicioso y Konrad se hizo el centro de la fiesta con sus historias del crucero por el Pacífico.

Lo único que impedía que la fiesta fuera perfecta era la noción, cada vez más clara, de la desigualdad de su matrimonio. Brett sabía que aunque ella estaba completamente enamorada de Michael, él no sentía lo mismo por ella.

Intentó olvidar su dolor interno y ocultar su loco deseo mientras contemplaba a Michael que presentaba las gracias de Hope con orgullo, pero algo debió traslucir su expresión, pues su nueva suegra se acercó a ella y dándole una palmada cariñosa le dijo:

—No te preocupes por la adopción de Hope, verás como todo sale bien. No pierdas la esperanza.

—Cantando bajo las judías, estoy cantando bajo las judías —Brett entonó su propia versión de «cantando bajo la lluvia» mientras daba la cena a Hope.

Dar la cena no era la expresión adecuada. Lo hacían ambas, con Hope metiendo la mano en la papilla y llevándosela a la boca mientras intentaba alimentar a Brett y de paso la regaba. Cuando conseguía que Brett tragara, la niña se ponía tan contenta que expulsaba lo que tenía en la boca y las manos con enorme alboroto.

–Es bueno dejar que el bebé colabore con su alimentación, para que aprenda antes a comer por sí mismo –dijo Brett con resignación, citando uno de sus libros de pedagogía infantil, dispuesta a soportar la peculiar lluvia, aunque se había puesto un impermeable con capucha para alimentar a su niña.

Las sucesivas comidas le habían ido dando ideas de autodefensa, como poner papel de periódico por el suelo, alrededor de la sillita de Hope. Ésta, indiferente al jaleo que organizaba, estaba dando golpes en su bandeja y canturreando alegremente: ga, ga, ga.

Brett había aprovechado para leer un artículo tirado en el suelo cuando la pequeña golpeó con más fuerza la bandeja de su silla y dijo con claridad:

–¡Maa– maa! –por el rabillo del ojo, Brett vio que la señalaba. Levantó tan rápido la cabeza que casi se da con la silla y lanzó un grito de excitación que hizo que Michael entrara corriendo en la cocina.

–¿Qué pasa? –dijo mirando los ojos de Brett llenos de lágrimas.

–Me ha llamado mamá –dijo Brett.

–¿Seguro que no te ha llamado «gaga», como suele hacer?

–Me ha llamado mamá. Y me ha señalado. Dilo de nuevo, Hope, tesoro.

Pero en lugar de eso la niña dijo:

–¡Paaapá!

Michael gritó a su vez con la misma emoción de Brett.

–¡Esta niña habla! ¡Es increíble! Tengo que grabar esto, no te muevas –dijo mientras salía a buscar su cámara de vídeo–. A ver, pongamos el sonido. Veamos mi pequeña cerdita....

–No le digas eso. Va a verlo cuando tenga veinte años –le recordó Brett.

–Dilo de nuevo, tesoro –dijo Michael.

–¿Qué diga qué, chico listo? –sonrió Brett con aire burlón a la cámara.

–Muy graciosa –Michael tomó un plano del rostro de Brett antes de regresar a Hope diciendo–: Vamos, Hope, dilo de nuevo, sé que puedes.

La niña estaba encantada y lo celebró tirando un poco de papilla sobre el lente de la cámara, riéndose luego, satisfecha de su propia habilidad.

–Sólo por esto voy a llamarte cerdita hasta que cumplas veintiún años –la amenazó Michael.

–¿Quieres tomar algo más? –le sonrió Brett mientras le tendía una servilleta para limpiar el lente–. Nunca irrites a un hombre con una cámara –explicó a Hope mientras quitaba de su alcance otros proyectiles.

–Mamá –dijo la niña con tono de queja–. Ma–mama–ma–, ¡ga, ga! –gritó para obtener la atención de Brett.

Brett la atendió al momento mientras Michael la fotografiaba con su cámara y pensaba que la extraña punzada en su corazón debía provenir de algo que le había sentado mal.

–Vaya nochecita –comentó Brett al reunirse con Michael en el salón.

–Necesitamos un sofá –dijo éste.

Brett lo miró con sorpresa:

–¿A qué viene eso?

Michael se encogió de hombros, no queriendo decirle que le parecía difícil hacerlo sobre dos sillas. Difícil pero no imposible, pensó mientras miraba sus piernas desnudas bajo la falda corta.

Llevaba medias transparentes que dejaban ver sus pantorrillas mientras se sentaba y cruzaba las piernas de forma seductora. Nunca la había visto cruzar así las piernas. En realidad, nunca había visto sus encantadoras pantorrillas puesto que siempre llevaba pantalones y botas de trabajo. Y ahora llevaba tacones y le parecía que sus piernas eran larguísimas, tersas, acariciables desde la pantorrilla hasta los muslos.

Michael se pasó la mano por la frente y agarró el mando a distancia, tocando por error el botón del volumen.

–¡Tres, dos, uno! –anunció el presentador mientras la pantalla mostraba la plaza de Times Square– ¡Feliz Año Nuevo!

–¿Tienes calor? –preguntó Brett–. Yo sí –y al decirlo se abrió otro botón del jersey mostrando la sombra tentadora entre sus pechos–. Debe ser por ese pastel que he estado haciendo en el horno. El horno da mucho calor.

Ella daba mucho calor, se dijo Michael, incapaz de apartar la vista del dulce escote de la mujer.

Observando su interés, Brett tomó aire con nerviosismo y se dijo que era tarde para acobardarse. Llevba al menos una semana planeando esta seducción. De ahí la falda corta, el retorno de su sostén milagroso y el jersey ajustado, las piernas expuestas. Por no hablar del bollo que había preparado para caldear el ambiente y los estómagos.

Y para estar segura se había puesto una gota de perfume detrás de cada oreja.

–Esto –Michael carraspeó y volvió a comenzar–... Me ha extrañado el bollo de hoy para celebrar la San Silvestre.

–¿Quién es Silvestre?

–La víspera de Año Nuevo. Hoy es año nuevo. Y

nosotros siempre lo celebramos bebiendo, bailando y comiendo virsli en la medianoche.

–¿Qué es virsli?

–Una especie de salchicha.

Brett arrugó la nariz.

–Esa parte no me vuleve loca. Pero me apunto al resto. Tengo champán enfriando en la nevera.

Michael pensó que la única manera de refrescar su mente era meterse él mismo en la nevera.

Brett regresó de la cocina con dos copas en una mano y una botella en la otra.

–He mirado por la ventana de la cocina y está nevando en serio. Hemos hecho bien en quedarnos hoy en casa. ¿Te importaría quitar el tapón?

Michael tragó saliva, nervioso por la forma en que la luz de la cocina hacía resaltar su cuerpo en un halo mágico, creando una repetición de su primer, perturbador encuentro. Brett parecía un ángel. Y todavía tenía que encontrar la caja, que había estado perdida desde el día de la mudanza.

–¿Michael? –repitió Brett–. ¿Te importa abrirla?

–Oh, claro, dame.

Dirigiendo el tapón hacia la esquina, casi destruye la estrella que coronaba el pequeño árbol de Navidad que había dispuesto Brett en un rincón.

–Buen disparo –dijo Brett sonriendo–. Supongo que tenemos que esperar a las doce para brindar por el año, pero podemos empezar a beber, ¿verdad?

Michael les sirvió y bebió una copa de un trago, viendo cómo Brett hacía lo mismo y sintiendo un loco deseo de besar sus labios repentinamente brillantes y dulces.

–Ahora nos falta música y baile –murmuró Brett y tomó el mando a distancia. Buscó en los canales hasta dar con una vieja película, en la que bailaban Fred Astaire y Ginger Rogers.

–Siempre quise aprender a bailar así –dijo Brett con nostalgia.

–Yo te enseño –replicó Michael, dejando las bebidas y tomándola en sus brazos antes de que pudiera protestar.

Sin duda no volaban como los legendarios bailarines de la película, pero con su mano en la mano de Michael, Brett sentía que no tocaba el suelo mientras se deslizaba con una sonrisa de placer en la boca. Por supuesto, no era su ritmo, ni su compenetración, sino el hecho de estar en brazos de Michael, lo que le hacía sentir que andaba por las nubes. Estar tan cerca de él era más embriagador que una caja entera del mejor champán.

La escena del baile terminó y los personajes pasaron a la siguiente escena. Utilizando una mano para tocar el mando a distancia y bajar el sonido, Michael inclinó su cuerpo para besarla, en un beso que unió sus almas además de sus bocas. Entonces comenzó su juego de seducción, mordisqueando sus labios y cautivándola con el deseo de su lengua.

Sintiéndose débil, Brett le echó los brazos al cuello y hundió los dedos en su cabello negro cuya suavidad la encantaba. Murmurando su nombre, Michael la apretó contra su cuerpo. Entonces aprovechó la nueva situación para meter la mano tras su breve jersey y acariciarla la espalda, intentando comprobar su teoría de que no llevaba nada debajo. Encontró la tira del sostén y decidió eliminarlo, pero el mecanismo debía estar en la parte delantera.

Dejó la tarea para volver a acariciar la falda, las nalgas cubiertas por la breve tela y deslizar la mano por debajo, encontrando pronto el elástico de sus medias transparentes.

Llegado a aquel punto, Brett se sentía consumida por el deseo. Y a juzgar por la forma en que Michael se pegaba y restregaba contra ella, él debía sentir lo mismo. Mientras se dejaban caer al suelo, abrazados, comprendieron que no había tiempo para palabras.

Michael se puso sobre ella, de manera a sentir su cuerpo desde los hombros a las caderas. El contacto se hizo más íntimo cuando pasó su pierna entre las de Brett. Esta sintió que ardía. Sus gestos la enardecían hasta el punto de querer más, negándose el tiempo para pensar.

Alcanzó su cremallera y la bajó con gestos rápidos, mientras Michael luchaba con los botones de su jersey. Cuando se deshizo de éste, se ocupó del sostén y acarició los senos pequeños de Brett con la palma de sus manos. Antes de que ésta perdiera concentración, Michael bajó la boca y cerró los labios sobre el pezón rosado, chupándolo con dulzura. La llevó así a un nivel superior de placer con cada caricia caliente y húmeda de su lengua.

Sus besos y gestos eran tan exigentes y dulces que Brett no sintió que estuvieran en el suelo del salón. Sólo sentía que iba a estallar si no le tenía dentro... cuanto antes.

Cuando la mano de Michael se deslizó sobre sus braguitas para acariciar el interior de sus muslos con habilidad torturante, Brett supo que no iba a esperar más. Guiando su mano, le susurró:

–Quítamelas.

Lo hizo. Él se deshizo de sus pantalones y calzoncillos en dos gestos y al ayudarle Brett dio sin querer con el codo en el control remoto. La televisión mostró la cuenta atrás del año en la ciudad de Chicago.

Michael entró en ella, penetrándola cuando comenzó la cuenta:

–Diez... nueve... ocho...

Los calientes movimientos de Michael coincidían con cada segundo.

–Siete... seis... cinco...

Brett alzó las caderas para tenerlo más cerca.

–Cuatro... Tres... dos... –dijo el locutor.

Brett gimió respondiendo a la tensión que ascendía en ella.

–¡Uno! –gritó el televisor.

–¡Sí! –exclamó Brett al sentir las oleadas de placer por su cuerpo–. ¡Sí, sí, sí!

–¡Feliz Año Nuevo!

Sus músculos internos se cerraron sobre él mientras alcanzaba el climax. La televisión fue silenciada abruptamente por otro gesto involuntario mientras el cuarto se llenaba con los gemidos de placer de Brett y el grito de Michael al unirse a ella en un éxtasis que culminó cuando cayó rendido en sus brazos.

Brett abrió los ojos poco después y vio fuegos artificiales. Tardó en comprender que aquello era la pantalla de la televisión. De nuevo cerró los ojos y acarició la espalda desnuda de Michael. Éste tenía la cabeza apoyada en su hombro y respiraba lentamente. Brett le acarició el cabello, fascinada por su sedoso vigor.

Cuando por fin se apartó un poco de ella, le dedicó una de sus sonrisas malévolas, escasas y sexys, antes de decir:

–Esto ha sido mejor que comer virsli.

–Eso espero –respondió Brett con una mueca.

–Nos hemos vuelto locos –murmuró Michael.

–Mmm... –asintió ella.

–Sigues teniendo la ropa puesta.

–No todo.

–¿Te he hecho daño?

Brett negó con la cabeza.

–¿Te he hecho daño yo? –inquirió con una sonrisa lasciva.

–Me has marcado un poco la espalda –dijo Michael flexionando los músculos que seguían bajo las manos de Brett.

–¿Sólo eso?

–Por todas partes.

–Eres un increíble... bailarín, señor Janos.

–Y usted también, señora Janos. ¿Estás lista para otra lección de baile?

Brett dejó que su sonrisa respondiera por ella.

Michael se puso en pie y le tendió la mano. Brett se levantó y ahogó un grito de sorpresa cuando Michael la tomó en brazos.

–Aquí estamos de nuevo, haciéndome perder el equilibrio –se quejó una encantada Brett.

–Esta vez vamos a hacerlo despacio –declaró Michael llevándola al dormitorio. Dejándola en mitad de las sábanas, murmuró–: Me vuelves loco cuando haces eso.

–¿Cuándo hago qué? –preguntó Brett sorprendida.

–Esto –e inclinándose sobre la cama, se lamió lentamente el labio superior, imitando el gesto nervioso que Brett había hecho un momento antes.

Esta vez su beso fue lento y evocador, oscuramente erótico. La besó como si tuvieran todo el tiempo del mundo, como si estuviera escribiendo un tratado sobre su boca. Se tomó su tiempo, explorando los rincones menos frecuentados, acariciando su paladar, rozando su labio inferior, besando sus comisuras, con caricias extravagantes.

Dedicó la misma atención al detalle de cada milímetro de piel revelada mientras la iba desnudando. Primero la rozaba con la punta de los dedos. Después repetía la exploración con sus labios y lengua, moviéndose por su garganta y hasta el nacimiento de los senos. La besó garganta y hombros antes de seguir más abajo. Y allí se detuvo para tomar aire y continuar con su caliente mensaje de deseo.

Llegado al vientre, lo acarició con la lengua que luego introdujo entre sus muslos, haciendo que Brett gimiera extasiada ante la corriente de calor que su roce provocaba.

Michael alzó la cabeza y murmuró sonriendo:

–¿Te gusta esto, eh?

Sujetándola por la cintura con un brazo, volvió a emprender el más íntimo de los besos.

Brett sintió que necesitaba agarrarse a algo mientras un intenso placer la sacudía, de manera que se aferró a los barrotes de la cama, sintiendo el frío metal en contraste con sus temblores calientes.

Cerró los ojos y apretó los párpados sintiendo que se rompía en pedazos, y que nunca había sentido tanto placer en su vida, asombrada de que volviera a empezar una y otra vez.

Segundos más tarde se convulsionaba sobre los dedos de Michael mientras éste rehacía hacia arriba el camino de su cuerpo.

Dejó entonces de agarrarse a la cabecera para buscar a Michael ciegamente y abrazarlo.

Incapaz de seguir aguantando, Michael se alzó sobre ella antes de enterrarse profundamente en su interior. Gimió de placer al sentir los músculos de Brett cerrarse sobre él y sus lentos movimientos se conviertieron en una ardiente carrera que terminó en su climax y en la sonrisa de completa satisfacción de Brett.

Cuando Michael volvió al planeta, lo primero que vio fue la caja húngara que había perdido, colocada sobre la mesilla y brillando en la oscuridad.

Brett volvió la cabeza y la miró.

–Supongo que esa caja sí contenía un conjuro, al fin y al cabo –murmuró Michael.

Capítulo Nueve

–¿Qué has querido decir con eso? –preguntó Brett.

–Nada. Olvídalo.

–Ni hablar –Brett se sentó en la cama, olvidando que no llevaba nada puesto, hasta que se dio cuenta y tiró de la sábana para cubrirse–. Creí que habías perdido la caja húngara.

–Eso creí yo.

–¿Y cómo ha llegado a tu mesilla?

–Ni idea.

–Esa caja es muy misteriosa –apuntó recelosamente Brett–. Y ahora que lo pienso, recuerdo a tu padre diciendo algo... –hizo una pausa antes de añadir–: Ya me acuerdo. Cuando le dijiste que nos habíamos casado, dijo que era culpa de la caja o algo así. ¿Qué quería decir con eso?

–No te rías, pero hay una leyenda en la familia que dice que esa caja contiene un conjuro amoroso que se desata al abrirla.

–¿Y qué hace ese conjuro exactamente?

–Uno encuentra el amor donde lo busca.

–¿Lo busca cómo?

–Bueno, la leyenda pretende que uno se enamora de la primera persona que ve al abrir la caja.

–Y tú abriste la caja el día en que nos conocimos, cuando yo estaba en tu cocina arreglando el horno –dijo Brett lentamente.

–Y ha funcionado mágicamente desde entonces.

–¿La caja o el horno?

–Hablaba del horno. No creo en ninguna magia –declaró Michael.

–Pero tu padre cree en ello. Piensa que por eso nos hemos casado.

–¿Y qué más da lo que piense mi padre?

–Importa mucho, porque tu padre te ha educado y sus creencias están de alguna forma dentro de ti. Aunque no quieras admitirlo –dijo Brett con cierta amargura.

Sin duda lo inteligente hubiera sido olvidar la leyenda como una superstición de un pueblo tradicional. Pero no podía evitar tomarlo en serio. Brett no conocía nada de magia, aspecto que había faltado por completo en su vida. Pero, ¿quién le iba a decir unos meses atrás que se encontraría casada y con una niña? La realidad es a menudo misteriosa.

«Estupendo», se dijo. «Así que Michael se ha casado conmigo por el efecto de un conjuro».

Por otra parte, si lo pensaba bien, habían pasado cosas extrañas en los últimos días. Como ciertos calzoncillos negros apareciendo de pronto bajo el árbol de Navidad. O la repentina competencia de Michael con un bebé, cuando los niños siempre habían huido de él.

¿Y qué decir del efecto que tenía sobre ella la mirada de Michael? Sólo podía definirse como un efecto mágico. ¿Acaso era tan raro que estuvieran bajo un encantamiento?

–Estás muy callada –dijo Michael, preocupado por el silencio de Brett.

–Digamos que esa leyenda familiar puede explicar un montón de cosas de nuestra relación.

–¿Cómo qué?

–Como nuestra atracción inflamable.

–¿Nuestra inflamable atracción? –sonrió Michael y la tomó en brazos para besarla, haciendo que

Brett olvidara al instante toda preocupación, magia y encantamiento otro que las caricias de su marido.

Después de hacer el amor, permanecieron el uno en brazos del otro. Pero Brett seguía pensando que algo misterioso estaba sucediendo entre ellos.

No se dio cuenta de que lo había dicho en voz alta hasta que oyó a Michael decir:

–No hay nada raro. Y no tengo energía para que volvamos a hacerlo. De momento.

–Yo hablaba del conjuro amoroso –dijo Brett.

–Ya te he dicho que son tonterías.

–Ya, pero la capacidad de sugestión es algo increíble. He estudiado psicología y sé lo poderosa que puede ser la mente, aunque la lógica nos diga que no debemos creer en la magia.

–¿Y qué quieres decir con eso? ¿Que no me he casado contigo por una decisión libre?

–Reconocerás que nuestra relación no ha sido... muy normal.

–El hecho de que exista una atracción física entre nosotros no implica nada raro... ¿Qué pasa? –dijo al ver su expresión.

–Creo que he oído a Hope –Brett agarró la primera prenda que encontró a mano, la camiseta de Michael y se la puso mientras decía–. No te muevas. Ya me ocupo yo.

Salió de la habitación mordiéndose el labio para no llorar. Lo que para ella era un amor intenso era en boca de Michael «una atracción física» y nada más. Y eso después de hacer el amor. Aunque el amor, aparentemente, lo había hecho ella sola.

En el dormitorio que compartía con Hope, Brett miró a la niña que dormía y le acarició delicadamente la cabeza, intentando no llorar.

–¿Por qué no puedes estar satisfecha con lo que tienes? –se dijo Brett, recordando a uno de sus padres adoptivos diciéndole las mismas palabras–. ¿Por qué siempre quieres más?

Pero lo que Brett quería ahora era el amor de Michael.

Las siguientes semanas pasaron volando. Brett había empezado sus clases en la universidad, seguía mejorando el edificio y pasaba mucho tiempo con Hope cada día más activa y vivaz. Las noches transcurrían haciendo el amor con su marido, cuando no les interrumpía la niña, disfrutando de la creatividad y ternura de su pasión, pero sin entregar en ningún momento su corazón.

Como si se diera cuenta de la reserva de Brett, Michael se comportaba como un hombre que tiene una misión. Y esa misión parecía ser cautivarla de nuevo.

Nunca había conocido a Michael bajo aquel aspecto romántico. Y aquello era mucho más fuerte que la más poderosa magia. La perseguía con una amorosa intensidad a la que era casi imposible resistirse.

Aquel día, sin ir más lejos. Algunos hombres envían rosas, pero no Michael. Por la mañana había recibido una hermosa caja con doce bellotas dentro.

Se estaba preguntando por su significado cuando encontró una nota dentro de la caja que decía: «para los gitanos, las bellotas significan deseo».

Brett acarició el papel, admiró la escritura dramática de Michael, emocionada con el primer mensaje escrito que había recibido de él. El otro mensaje «compra huevos y leche» no contaba.

De manera que Michael había pasado de la química al deseo. ¿Era aquello una progresión o sólo un avance líneal?

Brett había logrado poner a salvo su corazón,

pero su cuerpo tenía vida propia y disfrutaba de cada momento de la pasión de Michael sin pensar en el futuro. En realidad, nunca hablaban del futuro.

Estaba pensando en ello cuando sonó el teléfono.

–Necesito que vengas a mi oficina –dijo Michael al otro lado de la línea–. ¿Puedes llegar a eso de la una?

–¿Qué pasa? –preguntó Brett.

–Trae a Hope.

–¿Por qué? ¿Ha pasado algo?

–Nada grave. Pero necesito que vengas. Así conocerás a Lorraine.

Lorraine era su secretaria y Michael hablaba a menudo de ella. En las últimas semanas habían empezado a hablar de su trabajo, pero Michael hablaba mucho más de su secretaria que de su labor, pues ésta, desde su punto de vista, era el colmo de la eficacia y la perfección. Brett había indagado, pero no había logrado sacarle ninguna información sobre su edad o su aspecto físico.

–Tengo cosas más importantes que hacer que controlar a tu secretaria –respondió Brett–. Voy a poner un termostato en el calentador para ahorrar energía.

–En serio necesito que vengas –insistió Michael con la intensa gravedad que le hacía irresistible.

Brett se resignó.

–De acuerdo, estaré ahí a la una.

Brett se vistió con cuidado, aunque sus opciones eran limitadas. La mitad de sus vaqueros viejos y camisetas habían desaparecido misteriosamente desde que había aceptado la oferta de Michael de hacer la colada. Se puso una falda larga de lana con botas debajo y un jersey que le daba un aire muy juvenil. Nunca lograría parecer sofisticada, de manera que tendría que parecer juvenil. Al menos esta vez se pintó los labios y se puso pendientes.

Hope estaba sencillamente adorable con su anorak que ahora le sentaba mucho mejor que un mes antes.

Llegaron a la oficina de Michael un poco después de la una, justo cuando Lorraine había salido a comer.

–Siente mucho no verte –dijo Michael mientras tomaba a Hope en brazos.

–Sí, seguro –masculló Brett rencorosamente.

–Pero es que había prometido a su nieta llevarla a comer.

–¿Nieta?

–Sí, ¿no te lo he dicho? Lorraine tiene cuatro nietos. Uno ya va a la universidad.

Brett se relajó un poco.

–Hope, esta es la oficina dónde tu papá persigue a los malhechores –le explicó a la pequeña mientras la sacaba del anorak.

–Lo dices como si fuera Batman –bromeó Michael.

–Los dos tenéis una personalidad más bien oscura.

–Gracias.

–De nada –no iba a añadir que ese era parte de su encanto–. ¿Qué era eso tan importante que tenías que decirme? ¿Es sobre la asistente social? ¿Nos ha descubierto?

–No, vino a verme antes de que nos casáramos, pero desde entonces no ha vuelto a dar señales de vida.

–No sabía que había pasado a verte. ¿Por qué no me lo contaste?

–Porque no quería preocuparte.

–¿Y qué otras cosas me has ocultado para no preocuparme?

–Hmmm, no se me ocurre nada, aparte de que cuando me miras así con las manos en las caderas me entran ganas de desnudarte y hacer el amor contigo, estemos dónde estemos, en mi oficina y sobre mi mesa de trabajo...

–Para ya –rió Brett–. Cuéntame lo de la asistente social.

–Vino a preguntarme sobre el caso del bebé misterioso, como ella lo llama –Michael colocó a Hope sobre su cadera mientras hablaba.

–¿Sabe que se trata de una niña?

–Lo descubrió al escuchar a mi colega del departamento de policía mientras hablaba conmigo. La mujer es un perro guardián. Voy a tener que inventarme un caso para que se quede tranquila –dijo Michael casi para si mismo.

–¿Qué quieres decir con eso?

–Fabricar una identidad de tu imaginaria amiga, la que te ha dejado la niña.

–¿Estás hablando de falsificar papeles?

–Si fuera necesario.

–No voy a permitir que hagas eso –protestó Brett–. Es un riesgo enorme para ti.

–Estoy dispuesto a luchar por mi familia, si hiciera falta. Sé lo que hago. No podremos adoptar a Hope sin tener algún papel que justifique nuestra situación.

–¡Puedes acabar en la cárcel!

–¿Tienes una idea mejor?

–Todavía no. Pero tu plan es una locura. ¿Qué pasará si aparece la madre de Hope?

–Si todavía no ha aparecido, no creo que lo haga.

–No es imposible.

–No has vuelto a tener pesadillas de que te quitan a la niña, ¿verdad?

Brett negó con la cabeza y Hope empezó a protestar, harta de una conversación que no la incluía.

–Ajá, he oído la queja de una niña infeliz que echa de menos a su tía –anunció Gaylynn entrando en ese momento en el despacho–. ¿Quieres venir conmigo, monada? –la tomó en brazos y Hope, encantada de que alguien la hiciera caso le agarró el pelo con pasión–. Oye, espera, no me tires del pelo –con delicadeza le separó los dedos y los fue besando uno a uno.

–No esperaba verte, Gaylynn –la saludó Brett–. ¿No tienes trabajo?

–Es fiesta y como tenía tiempo, pensé en pasar unas horas con mi sobrina favorita. ¿Te parece bien?

–Claro que le parece bien –dijo Michael mientras Brett lo miraba con escepticismo.

–Volvemos en un par de horas –dijo Gaylynn mientras empezaba a vestir a la niña.

–Estupendo, gracias.

–¿Qué es todo esto? –preguntó Brett a Michael cuando su hermana salió.

–Una seducción –explicó Michael cerrando la puerta.

Brett escuchó el sonido del cerrojo.

–Me has hecho venir aquí para...

–Para propasarme contigo –dijo Michael con objetividad–. Me confieso culpable.

–No puedo creerme que seas tan tramposo.

–Créetelo –sin más extendió una manta en el suelo de la oficina y sacó una cesta de picnic de detrás del despacho–. A ver, qué tenemos, hmm... Hay carne, ensalada, pollo, ¿qué prefieres?

–Prefiero saber por qué haces esto.

–Ya te lo he dicho.

–¿Qué esperas conseguir con esto? –al ver la mirada irónica de Michael, se sonrojó–. Bueno, aparte de... eso –concluyó con un gesto vago de la mano.

– «Eso» es suficiente para hacer que un hombre se arrodille –bromeó Michael mientras se arrodillaba sobre la manta tomándola de la mano–. ¿Por qué no te quitas las botas y te unes a mí?

Brett obedeció sin dejar de preguntar:

–¿Y tu secretaria? ¿Volverá pronto?

–Le he dado la tarde libre –dijo Michael mordiendo un bocadillo de pollo y tendiéndole otro.

–Pero, ¿no tienes trabajo? –siguió Brett; ligeramente ofendida porque Michael siempre se salía con la suya.

–Tengo que descansar.

–Nunca me hablas de tu trabajo, ¿por qué?

–Contigo se me olvida todo. Y mi trabajo no me parece tan interesante.

–¿Tus casos no son interesantes?

–¿En serio quieres hablar de fraudes y delitos de cuello blanco?

–Creo que es mejor que hablemos de los pasos lógicos que debemos dar para adoptar a Hope.

Y hablaron del asunto mientras disfrutaban de la comida que Michael había encargado. Brett ni siquiera se percató de que Michael le estaba dando comida para tocarla hasta que sus dedos rozaron sus labios por cuarta vez.

–¿Sabes algo? Te has comportado de una forma rara últimamente –comentó–. Quizás deberíamos hablar con tu padre sobre la caja gitana. A lo mejor el embrujo ha sido demasiado fuerte.

Michael alzó los ojos al cielo, exasperado.

–Estupendo, ahora te has puesto a creer en supersticiones. Quizás deba ofrecerte otro pedazo de folclore popular. Dame la mano.

–¿Para qué?

–Dámela –la tomó y contempló la palma–. Ha llegado la hora de leer tu suerte a la manera de los gitanos.

–He leído que nunca lo hacen los hombres.

Michael la miró, genuinamente sorprendido.

–¿Cómo sabes eso?

Brett se encogió de hombros, algo intimidada.

–Se me ocurrió sacar de la biblioteca un libro sobre gitanos húngaros y sus tradiciones.

–Ya veo, bueno, soy muy americano –Michael no

pensaba confesarle que él mismo se había comprado un libro sobre la forma de leer la palma de la mano para impresionarla–. Y ahora, deja que me concentre.

Brett no podía concentrarse sintiendo el roce delicioso de sus dedos en su sensible palma abierta. Era una sensación de lo más erótica, aunque no debía pensar en eso.

–Empezaré por lo primero –dijo Michael con su voz profunda y oscura–. La linea de tu vida está aquí. Muy bonita. Larga, estrecha y profunda, y rodeando completamente el monte de Venus, lo que representa el placer de los sentidos.

Brett hubiera debido retirar la mano en aquel instante, pero al parecer era esclava del placer de los sentidos, pues carecía de voluntad para detener su seducción.

–Y esta que atraviesa la palma es la línea que gobierna la cabeza –murmuró Michael.

–Entonces estará rota –dijo Brett–, mostrando mi poco sentido común.

–Por el contrario es estable y clara, y muestra una cabeza excelente y una gran voluntad.

Si tuviera una cabeza excelente no estaría sentada en el suelo de su oficina, estremecida de placer sólo porque le estaba acariciando la palma de la mano.

–Y por fin, la línea del corazón –Michael alzó los ojos para mirarla–. Ah, veo un alto, guapo y moreno extranjero que ha aparecido en tu vida.

–Sí, ya veo quién dices. Está en mi clase de psicología del desarrollo en la universidad.

Michael la miró con fiereza. Brett sonrió con inocencia.

–Cuánto más larga la línea del corazón, más ideal es el amor.

–¿Ideal significa que todo está en mi cabeza y que no tiene nada que ver con la realidad?

–Y esta es la línea de la boca –dijo Michael–. ¿Has visto qué grande es? Significa que hablas demasiado.

–¡Qué cara tienes! ¡No hay tal cosa!

Michael le dedicó una de sus sonrisas de lobo. Esta vez el intento de Brett de mantener las emociones a distancia usando la ironía le sirvió de poco. Y todo porque Michael se llevó su mano a los labios y lamió sus dedos sin dejar de mirarla a los ojos.

Brett estaba a punto de derretirse, y le hubiera arrastrado al suelo, pero el lugar no era el más idóneo para alardes eróticos.

–Maldita sea, ojalá tuviera un sofá –murmuó Michael tomándola por las dos manos para besarla.

–Tenías que haberlo planeado –le reprochó Brett.

–Tengo una idea –se puso en pie arrastrando a Brett con su movimiento.

Antes de que ésta pudiera hablar, volvió a besarla. Con tiernos mordiscos y apasionados besos, la fue empujando hasta su mesa de trabajo. Entonces la tomó por la cintura y la sentó sobre la superficie plana. Le separó las piernas para colocarse entre ellas mostrando su excitación.

–¿Dónde están esas medias que no molestan que llevaban antes las mujeres? –se quejó Michael deslizando las manos bajo su falda para bajarle la ropa interior.

Brett le dejó hacer hasta que le quitó las medias, tirándolas con un gesto de triunfo. El siguiente movimiento correspondió a Brett que le deshizo el cinturón y le bajó la cremallera del pantalón. Llevaba los calzoncillos negros que le había regalado.

Le liberó de su ropa, acariciando en seguida su poderosa y suave virilidad.

–¿Quién es aquí el que seduce? –gimió Michael ante sus tiernas caricias.

–De momento sólo he oído hablar, pero de acción nada –replicó Brett con provocación.

–¿Y esto te parece acción? –susurró Michael mientras limpiaba la mesa con la mano libre y la hacía bajar hasta que la postura de sus caderas le resultó adecuada. Entonces entró en ella lentamente, mientras Brett le rodeaba con las piernas. Sus cuerpos se dejaron ir a un ritmo erótico hecho de pasión y familiaridad y Brett sintió el intenso placer que siempre acompañaba sus encuentros amorosos.

Poco después, cuando recuperaron el aliento, Brett murmuró:

–Estoy segura de que estamos bajo un conjuro. No tiene otra explicación.

–Claro que sí.

–Ya, ya sé que piensas que es pura química –dijo Brett mientras se ordenaba la ropa arrugada.

–La química es algo muy poderoso –comentó Michael.

Y el amor también, iba a decir Brett, pero guardó silencio. Las palabras se congelaron en su garganta, mientras el temor del pasado renacía en ella. Siempre la misma voz que le repetía: no seas pesada, Brett, ¿por qué siempre quieres otra cosa? Confórmate con lo que tienes.

–Pero, ¿has visto cómo avanza esta niña? –exclamó Michael viendo a Hope gatear por el suelo.

Estaban en febrero y Hope tenía ocho meses. Habían sobrevivido a su primer catarro y a su sengundo diente. La habían visto desarrollarse y crecer como una pequeña máquina en movimiento, capaz de agotar al más fuerte de los adultos.

Aparte de su ataque de debilidad en la oficina de Michael, Brett había mantenido su promesa de apreciar la vida y no pedir nada más. Pero no podía negar el ansia de su corazón. Algunos días pensaba que Michael la amaba, sólo que no lo decía. Otros días, se reprochaba sus ilusiones.

Brett miró a Michael que miraba a Hope con aire divertido.

–Es como uno de esos juguetes que no dejan de avanzar hasta que chocan con algo. Entonces los mueves y siguen en otra dirección –dijo Michael cambiando a Hope de dirección al ver que iba a chocar con su aparato de música.

–Vaya, parece que va hacia tu periódico –le advirtió Brett. Hope mostraba la mayor curiosidad por todas las cosas y en particular por el papel.

–Creo que lo lee cuando no la miramos –comentó Michael.

–Está en la fase de exploración –dijo Brett, más modesta.

–Exploración y destrucción, querrás decir –Michael llegó justo a tiempo de quitarle de las manos el periódico del día.

–Por cierto, ¿has sabido algo más de nuestra asistente social? –preguntó Brett.

–En realidad, he recibido una llamada de mi amigo de la policía esta misma tarde. Es algo muy extraño, pues al parecer la mujer ha decidido pedir el retiro. Se vieron antes de que se marchara y ella no habló en absoluto del «misterioso bebé» –mientras hablaba, Michael miró la caja húngara que reposaba en un aparador. Si hubiera sido un hombre supersticioso hubiera creído que había algo mágico en todo lo sucedido. Pero por fortuna, él era un hombre moderno y se guiaba por la lógica.

–¿Se ha marchado? Es un alivio –exclamó Brett.

–Así es. De manera que ya puedes concentrarte en tus deberes para tu curso de psicología.

Brett tomaba una única asignatura y tenía que ir dos tardes a la universidad. Esos días dejaba a Hope con Frieda y Consuelo, que se habían convertido en abuelas adoptivas de la pequeña.

Mientras Brett pensaba en sus estudios, Hope había vuelto a actuar. Había logrado alcanzar sus folios y dispuesto sus manos llenas de tinta sobre su trabajo. La destrucción duró un segundo, y poco después su esfuerzo estaba hecho jirones y Hope se llevaba el papel a la boca.

–¿Crees que el profesor va a tragarse la excusa de que la niña se comió mi trabajo? –preguntó Brett amargamente mientras rescataba las hojas.

–Lo dudo.

Enfadada con Brett por quitarle su diversión, Hope gritó «¡Mamá!» a pleno pulmón, junto con una serie de improperios en lengua infantil que querían mostrar su indignación.

–¿Crees que los niños sueltan tacos? –preguntó Michael.

En lugar de contestar, Brett dijo:

–¿Has visto lo que hace? –la niña se había alzado apoyándose en la pierna de Brett en un intento de recuperar los papeles arrebatados–. Va a caminar antes de que nos demos cuenta. Ya intenta tirarse de la cuna. La vi hacerlo anoche. Pero qué niña más lista –añadió besando a Hope con pasión.

–¿Te apetece darme a mi uno de esos besos? –inquirió Michael con aire seductor.

–Claro que sí –dijo Brett y tomando a Hope en brazos se la colocó a su padre en las rodillas. Un segundo después la pequeña le estaba besando en la barbilla con adoración.

–No estaba pensando en esto –se quejó Michael.

Regresando a sus deberes, Brett dijo:

–¿Te he comentado que el termostato que coloqué en la caldera ha reducido nuestro consumo de gas en un veinte por ciento?

–Sí, me lo has dicho. Sigo pensando en vender este lugar, sólo que más adelante. Me gustaría tener un jardin para cuando Hope comience a jugar al fútbol.

–Eso será en tus sueños. El fútbol, quiero decir, no el jardín.

El sonido ahogado del telefonillo le impidió replicar.

–Por fin –dijo Brett y apretó el botón de la puerta.

–Primero tienes que preguntar quién es –la regañó Michael mientras hacía saltar a Hope en sus rodillas–. Has arreglado el interfono y luego no lo usas.

–Porque sé quién es. Es el hombre que trae la pizza que hemos encargado hace media hora. Estoy muerta de hambre –dijo mientras abría la puerta y se encontraba con una mujer joven parada en el umbral.

–¿Es usted Brett Munro? –preguntó la mujer.

Brett asintió antes de recordar que estaba casada y su apellido era Janos.

–¿Qué desea?

–Ver a mi hija.

Capítulo Diez

Brett tuvo que tragar saliva antes de poder hablar. E incluso entonces, su voz se rompió al pronunciar las palabras:

–¿Qué ha dicho?

–¿Quién es, Brett? –Michael llamó desde el salón.

–Dejé a mi hija en el portal de la casa, hace unas semanas –la mujer habló rápidamente.

Brett movió la cabeza con lentitud, incapaz de aceptar que su peor pesadilla estaba ante ella, parada en el umbral de su puerta.

Preocupado por su silencio, Michael dejó a Hope en la cuna antes de reunirse con ella en el vestíbulo.

–¿Quién es usted? –preguntó a la mujer joven con chaqueta de cuero negro que hablaba con Brett.

–Mi nombre es Denise Petty.

–Dice que es la madre de Hope –susurró Brett.

–¿Hope? –repitió la mujer–. Mi niña se llama Ángela y la dejé aquí. Sé que hice algo horrible, pero estaba desesperada. Me había metido en un lío y no quería que la niña sufriera por nada. Mi hermana pequeña está siempre en el centro juvenil y se pasa el tiempo hablando de usted. A lo mejor la conoce, una chica muy lista con el pelo naranja. Bueno, por lo que cuenta, me imaginé que era el mejor sitio para dejar a mi niña hasta poder venir a buscarla.

Michael pasó el brazo por los hombros de Brett y le susurró al oído:

–No te asustes, no va a llevarse a Hope.

Su voz se hizo más dura al dirigirse a la mujer.

–¿Ha dicho que se llama Denise? Bien, Denise, ¿qué prueba tiene para demostrar que dice la verdad? –preguntó.

–He traído el certificado de nacimiento de Ángela –la mujer llamada Denise buscó en el bolso que llevaba colgado del hombro.

Michael leyó el documento con cuidado:

–Esto no prueba que hablamos del mismo bebé.

–Tiene una marca de nacimiento, una pequeña marca rosada con la forma de una flor en una nalga.

–¿Qué lado? –preguntó Michael.

–Izquierdo. Yo también tengo una marca, aunque en otro sitio –y subiéndose la falda cortísima les mostró una marca en su muslo, en todo similar a la de Hope.

Brett se sintió desfallecer.

–¿Qué llevaba la niña cuando la abandonó?

–Un pijama de una pieza y una manta, una con dibujo de gatitos. La dejé en un cochecito gris.

Michael miró a Brett que asintió, confirmando el retrato de la mujer.

–Necesito que me devuelva ese certificado –dijo Denise.

Michael se lo tendió de mala gana.

–¿Qué le hace pensar que puede llegar aquí de repente y reclamar a la niña después de abandonarla durante meses?

–No he reclamado nada –replicó la joven que parecía a punto de echarse a llorar y ahogarse con las capas de rimel que llevaba en los ojos–. Sólo quiero saber si la niña está bien.

–Está muy bien –dijo Brett con voz ronca–. ¿Quiere entrar un momento y tomar algo?

Michael miró a Brett como si se hubiera vuelto loca, mientras ésta rodeaba a la joven temblorosa con un brazo y la acompañaba hasta una silla.

–No quiero nada, gracias –dijo Denise–. No quería molestar.

–Ya lo sé –Brett le tocó el hombro para tranquilizarla–. ¿Quieres contarnos qué te pasó para que hicieras lo que hiciste?

Brett escuchó la historia de Denise, una historia familiar repleta de decisiones equivocadas y mala suerte, pero sin dejar de sentir que algo no cuadraba.

Denise terminó su triste historia diciendo:

–Me quedé sin dinero y no podía ocuparme de la niña.

Michael aprovechó la ocasión para hablar:

–Así que deseas que nos sigamos ocupando de ella. ¿Que la adoptemos, por ejemplo?

–Oh, no. Es mía. No puedo dejarla.

–Pero tampoco te puedes ocupar de ella.

–Si tuviera dinero, podría –se puso en pie y fue corriendo hasta la cuna, tomando en brazos a Hope que inmediatamente se puso a llorar.

–Deja a la niña –dijo Michael en un tono de voz amenazante.

La joven le lanzó una mirada de desafío antes de obedecer y depositar a la pequeña. Brett fue corriendo hasta ella para calmarla mientras Michael se llevaba a Denise. Le tendió su tarjeta y le dijo:

–Ven mañana a mi oficina y trae ese certificado y cualquier documento que te identifique.

–No puede quedarse con mi niña sin mi permiso –dijo Denise, y de pronto su nerviosismo y timidez habían sido sustituidos por una agresividad que parecía mucho más sincera.

–En primer lugar, pienso descubrir si de verdad es tu hija.

–Ya le he dicho...

–Y yo te digo que no pasa nada por que esperes hasta mañana.

–Muy bien, pero hará mejor en traer a mi hija

136

mañana a su despacho –declaró Denise con una voz dura que era claramente amenazante–. Si no lo hace, iré a la policía a denunciar que la han raptado.

–Abandonar niños es delito en este estado –replicó Michael–. No creo que te interese llamar a la policía.

–No lo deseo, pero es mejor que no me engañe o lo pagará, señor –ya no había lágrimas en aquel rostro, sino una mueca burlona en sus labios pintados de un rojo brillante. Salió de la casa y se marchó taconeando con sus zapatos altos. Michael cerró la puerta, pensando en cómo descubrir todo lo posible sobre Denise Petty en veinticuatro horas.

–Oh, Michael, ¿qué vamos a hacer? –preguntó Brett, temblando y abrazando a Hope.

–Te diré lo que no vamos a hacer. No vamos a ponernos histéricos. Y no vamos a entregarle a esa mujer a nuestra hija.

–No puedo separar a una niña de su verdadera madre.

–¿Qué te hace pensar que esa mujer es una buena madre?

–No sé qué pensar –susurró Brett cerrando los ojos.

–¡No puedo creerme que invitaras a esa mujer a entrar en casa! ¡Y no puedo creer que consideres la posibilidad de darle a Hope a esa mujer!

–Esa mujer es la madre de Hope.

–Estás loca, ¿lo sabes? ¡La forma en que la has tratado! ¡Que si quería un té! Te ha faltado ofrecerle a Hope en una bandeja de plata. Pero, ¿qué te ocurre? ¿Te has cansado ya de cuidar a la niña?

Brett lo miró con los ojos llenos de angustia.

–¡Cómo te atreves a insinuar que estoy cansada de cuidar a Hope! –furiosa, le tiró del brazo– ¿De dónde has sacado eso?

Michael parecía repentinamente abatido.

–No lo sé –masculló–. Sé lo mucho que la quieres.

–¿He hecho algo que pueda indicar que me he cansado de ella?

–No, eres genial con ella. Estoy muerto de miedo, ¿de acuerdo? La idea de esa mujer llevándose a la niña me ha enloquecido. Y tú eres tan generosa que darías tu abrigo a cualquiera en la calle.

–Ya, pero no pienso entregar a Hope en bandeja de plata. No soy tan generosa. ¿Tienes idea de lo que significa esa niña para mí? –esta vez su voz se rompió con un sollozo.

–Lo sé. He sido un cretino. Siento haberte herido –murmuró mirándola con dolor–. Preferiría cortarme un brazo que hacerte daño.

–Conserva tu brazo. Nos hará falta para luchar contra el dragón.

Su metáfora le hizo sonreír.

–¿Tampoco te ha gustado a ti?

–Había algo en ella tan... Y la forma en que Hope gritó cuando la tocó... Es verdad que Hope atraviesa una etapa de temor al abandono...

Michael atravesaba la misma etapa. De alguna manera se sentía separado de Brett y eso le angustiaba.

–Pero sigo pensando que Hope debe tener algún recuerdo de su madre –prosiguió Brett–. Y aunque no fuera así, no me gustó la forma de Denise de tomarla en brazos. No se percibía ningún amor en ella.

–Bien. Entonces estamos de acuerdo en que debemos luchar.

–Pero no sé si tenemos alguna posibilidad. En realidad siempre hemos sabido que la madre de Hope podía presentarse.

–Sí, y tendríamos que habernos preparado para eso. Pero supongo que los dos estábamos disfrutando tanto de nuestro mundo perfecto que no queríamos salir del sueño.

¿Quería eso decir que todo su mundo había sido un juego, una ficción? ¿Que su felicidad no era más que engaño y fraude? Entonces la llegada de la madre de Hope había sido una dura caída en la realidad.

–He leído que Hope nació el primero de Junio –dijo Michael–. Lo que significa que acertaste con la edad.

Sus palabras hicieron que los ojos de Brett se llenaran de lágrimas.

–Oh, Michael, ¿qué vamos a hacer si nos la quita?

–No lo permitiremos.

Pero sus palabras no podían consolar a Brett. Ni podían hacerlo sus caricias y abrazos, tal era el terror que se había apoderado de su corazón.

Michael estaba atascado en la búsqueda de datos sobre Denise Petty cuando sonó el teléfono de su despacho. Por supuesto no había llevado a Hope a la cita, pero la mujer tampoco se había presentado, de manera que todo seguía en tablas.

Tenía que descubrir algo que le diera poder sobre ella...

Su secretaria le anunció la llamada a cobro revertido.

–¿Quién es? –preguntó sin querer interrumpir su encuesta.

–No he oído el nombre.

Soltando un taco, Michael levantó el auricular.

La telefonista le preguntó si aceptaba la llamada a cobro revertido y anunció el nombre del que llamaba, un tal Juan.

–No, no conozco a nadie de ese nombre –fue la respuesta de Michael que colgó al instante para concentrarse en la pantalla del ordenador.

Pero el teléfono sonó una vez más y Lorraine volvió a anunciar desde el interfono:

–Es otra vez una llamada a cobro revertido. Dice que es una emergencia.

Pensando que podía tratarse de Brett, Michael contestó y esta vez oyó a la operadora declarar que la llamada era de «Juan, el amigo de Brett del centro juvenil», todo de golpe.

–Sí, acepto la llamada –dijo Michael y habló–: ¿Le ha pasado algo a Brett? ¿Un accidente?

–No, todavía no.

–¿Qué quieres decir con eso?

–Hombre, ¡eres tan ignorante! No te mereces a Brett –replicó Juan.

–Cuéntame que ha pasado.

–No puedo contarlo por teléfono. Ven a verme al centro juvenil. Dentro de media hora. Se trata de Brett y del bebé que tenéis, el que fue abandonado en tu portal.

Con estas palabras el chico colgó y Michael soltó otro taco y agarró su abrigo para salir.

Había un tráfico tremendo a las tres de la tarde, por lo que tardó más de lo previsto en llegar al centro. Fue pensando en su familia y en Juan, preguntándose qué sabría el chico y si le estaba metiendo en alguna fantasía adolescente.

Aparcó de cualquier manera y entró corriendo en el centro de jóvenes cuya puerta estaba siempre abierta.

–Llegas tarde –dijo Juan al verlo aparecer.

–Y ni siquiera sé para qué he venido –Michael habló con enfado, al límite de su paciencia–. Espero que valga la pena.

–Ya verás que sí –sonrió Juan–. Ven, quiero presentarte a alguien.

Brett se cambió de lado su cartera con los libros mientras subía las escaleras delanteras de la casa. Había querido saltarse sus clases y quedarse en casa con Hope y abrazarla todo el tiempo para estar segura de que nadie se la quitaría. Pero Michael le había convencido de que no era una buena idea y que tenían que seguir con sus vidas normales. Así que había ido a clase, aunque no había dejado de pensar en Hope ni un solo segundo. Al entrar en el edificio, su temor se acentuó ante la reunión de vecinos que había ante la puerta.

Allí estaban el señor y la señora Stephanopolis, Keisha, Frieda. Sólo faltaban Consuelo y Tyrone. Y Hope.

–¿Qué pasa? ¿Dónde está Hope? ¿Le ha pasado algo? –preguntó Brett con el corazón en un puño.

–Hope está bien –dijo Frieda rápidamente–. Está durmiendo la siesta y Consuelo está con ella.

–¿Le ha pasado algo a Michael?

–No, nada que sepamos –replicó Frieda.

–Pero ha pasado algo –explicó el señor Stephanopolis.

–Cuéntaselo –dijo su mujer–. Alguien ha tratado de raptar a la niña.

–¿Qué? –exclamó Brett–. ¿Alguien ha querido raptar a Hope?

–Intentó llevársela cuando estaba en su sillita –asintió Frieda.

–Pero, ¿cómo entró en vuestra casa?

–Bueno, llamó a la puerta y dijo que era amiga tuya. Llevaba una chaqueta de cuero negro y maquillaje suficiente para diez personas.

Parecía Denise sin duda alguna.

–¿Cómo entró en el edificio?

–Eso es culpa mía, lo siento –dijo la señora Stephanopolis–. Tenía tanta compra que dejé la puerta abierta mientras iba metiendo bolsas en mi casa. Ella debió entrar sin que la viera.

–Cuando le dije que estabas en la universidad, se metió en el salón y agarró a la niña. Fue hacia la puerta, pero se lo impedí. Consuelo apareció entonces y me ayudó a bloquear la puerta. La amenazamos con llamar a la policía.

–¿Llamaste a la policía? –preguntó Brett.

–En ese momento apareció Keisha.

Keisha tomó entonces la palabra.

–Estaba entrando en la casa cuando escuché gritos y jaleo. Como la puerta estaba abierta, entré y reduje al sospechoso.

–Hablas como un policía –dijo Frieda y dirigiéndose a Brett, añadio–: Pero será mejor que te sientes, estás muy pálida.

–Quiero ver a Hope.

Asintiendo con aire comprensivo, Frieda acompañó a Brett al apartamento y abrió la puerta del dormitorio dónde Hope dormía mientras Consuelo hacía punto y la vigilaba desde una mecedora.

Más tranquila, Brett besó la mejilla de la pequeña y salió de nuevo al salón. Allí, el señor Stephanopolis siguió con la narración de la captura:

–Lo que no te han contado es que en ese momento llegué yo con mi red de pescador y se la eché encima. ¡Nunca había pescado un ejemplar tan grande! –rió al recordarlo.

Brett cerró los ojos. Aquello era una locura.

–¿Dónde está ahora? –preguntó.

–Keisha la ha atado a un radiador, abajo, en tu antiguo apartamento –admitió Frieda.

–Tuve que ponerle un esparadrapo en la boca para que se callara –dijo Keisha.

–¿Cuánto tiempo lleva ahí?

–Hace minutos de esto. Íbamos a llamar a la policía cuando llegaste.

–No hace falta llamar a la policía –dijo Brett–. Conozco a esa mujer. Siento que haya montado esa escena y os agradezco lo que habéis hecho para proteger a Hope.

–Dijimos que nos ocuparíamos de ella mientras ibas a clase –declaró Frieda con dignidad–. Y por su-

142

puesto que la protegemos. Hemos visto en la televisión historias de niños raptados que nunca aparecen...

–Será mejor que baje a hablar con la mujer –la interrumpió Brett.

–¿Quién es?

Brett no podía contestar a esa pregunta. Si les decía la verdad, quizás llamaran a la policía. Reducir y encerrar a la madre real de Hope era una acción perfecta que encantaría a cualquier juez.

–Es alguien que conozco –dijo absurdamente Brett.

–Pues creo que tiene problemas mentales –explicó Frieda–. Se nota en su mirada.

–Vamos, bajo contigo –dijo Keisha y pasó un brazo por los hombros de Brett. Cuando estuvieron solas, le confesó–: Me imaginé que no querrías que llamáramos a la policía. Ayer oí a la mujer, cuando os visitó. Estaba subiendo con la colada y ella estaba ante tu puerta: la oí decir que era la madre de Hope. Sabía que esposarla a un radiador no era muy sensato, pero no sabía qué hacer. No quería que se llevara a la niña, aunque tenga derecho. No me parece alguien de fiar.

Brett asintió.

–Muchas gracias, Keisha.

–No te pongas sentimental ahora, chica. Tenemos que hablar con esa fiera de ahí abajo.

El viejo apartamento de Brett estaba vacío y frío, pero el odio que emanaba de los ojos de Denise Petty caldeaba el ambiente. Cuando Brett le quitó el esparadrapo, la mujer soltó una retahíla de insultos y amenazas que interrumpió Keisha:

–O te callas, o te ponemos otra vez la mordaza.

–Vas a arrepentirte de haberte metido en mi camino –fue la respuesta de Denise que intentó dar una patada a Keisha, sin lograrlo pues seguía atada al radiador.

Brett decidió poner la paz entre las dos.

–Cálmate, Denise. Sé que estás enfadada, pero seguro que podemos arreglar las cosas.

–Es verdad. Yo sólo quería ver a mi hija.

–¿Y dónde querías llevarla?

–A casa de un amigo. No iba a hacerle daño. Luego pensaba devolverla si...

–¿Si qué? –dijo Brett–. Vamos, Denise, sé que eres una chica lista. Seguro que tenías un plan.

–Si no podía ocuparme de ella.

–Lo haces muy bien –reconoció Brett–. Casi te creería si no fuera por tus ojos. Sé que los chicos del centro creen que soy una ingenua optimista, pero créeme, Denise, no es verdad. Sé que me estás mintiendo y será mejor que me digas la verdad de una vez.

–Te digo la verdad. Es mi hija y tengo derecho a llevármela. Si quiero conseguir algo de dinero, tengo derecho.

–¿Querías pedir dinero por ella?

–Es mi niña. Y pensaba devolverla aquí... por un precio justo.

La expresión de Brett se endureció.

–¿Qué es justo?

–Veinte mil dólares.

–Desde luego, pareces la clase de víbora capaz de vender a tu hija –intervino Keisha con asco–. ¿Y te llamas madre?

–Se llama madre, desde luego –dijo Michael desde la puerta–. Pero no lo es. No es la madre de Hope.

144

Capítulo Once

Brett miró a su marido con asombro.

–¿Qué has dicho?

–Me has oído bien –dijo Michael entrando en la casa seguido por Juan–. No es la madre de Hope.

–Pero tiene la marca de nacimiento y sabía todos los detalles del abandono –dijo Brett.

–Eso es porque estaba con la madre de Hope cuando la dejó en el portal.

–¿Y la marca? –preguntó Brett.

–La tienen todas las mujeres de la familia Petty –replicó Michael–. Resulta que la tal Denise es en realidad Darlene, la hermana gemela de Denise. No son exactas, pero se parecen lo suficiente como para que Darlene tomara la identidad de su hermana cuando esta murió en un accidente hace unas semanas.

–¿La madre de Hope ha muerto? –susurró Brett.

–Así es. Dile a ella lo que me has contado, Juan.

Juan se adelantó para hablar:

–Soy amigo de su hermana pequeña, Linda. A ella le da miedo Darlene, pero confía en mí. Me dijo que no quería que nadie te hiciera daño, Brett. Que eres demasiado buena. Así que me lo contó todo, aunque su hermana la amenazó con matarla de una paliza.

–¡Pequeña traidora! –Darlene habló con rabia–. Verás cuando la atrape. Le voy a enseñar a espiarme.

Juan pasó por alto el comentario.

–La madre de Hope era Denise, la hermana buena.

–Sí, un ángel –dijo Darlene con ira–. La niña perfecta que nunca se metía en líos. Hasta que se metió. Pero incluso entonces mi madre no la echó de casa como hizo conmigo.

–Porque la perseguiste con una sartén –dijo Juan–. Linda me lo contó.

–Voy a romperle los dientes a esa niña –replicó Darlene.

–Calla la boca –intervino Brett, muy pálida.

Keisha lo tomó literalmente y se acercó para detener los insultos de Darlene con un esparadrapo.

Sólo entonces alguien más entró en la habitación, una muchacha que Brett conocía del centro juvenil.

–¿Linda?

La chica asintió.

Brett extendió los brazos y la chica corrió hasta ellos, asustada.

–No te va a pasar nada, cielo. Nos ocuparemos de que Darlene no vuelva a tocarte –le dijo Brett acariciándole la cabeza.

–Y va a ser fácil –dijo Michael–. He investigado un poco al saber su verdadera identidad. Mientras que Denise estaba limpia, Darlene tiene un historial criminal estupendo.

–¿Por qué no lo descubriste esta mañana? –preguntó Brett.

–El problema es que Denise Petty nació Donna Denise Petty y así aparecía en el ordenador. No lograba dar con ella y no entendía el por qué hasta que apareció Juan y me contó la historia.

–Gracias, Juan –dijo Brett dedicando al muchacho una cálida sonrisa.

–Me contó que Darlene planeaba llevarse a Hope y pedir un rescate. Así que vine corriendo, pero veo que lo tenéis todo bajo control –concluyó Michael–. Muy bueno, esto de atarla al radiador, por cierto.

–Fue idea de Keisha –explicó Brett–. Ella capturó a Darlene.

–Bravo, Keisha –la felicitó Michael–. Cuando todo esto termine a lo mejor quieres hablar conmigo sobre negocios. Puedo necesitar a alguien en la oficina.

Keisha le dedicó una sonrisa radiante.

–Mientras tanto, ¿qué hacemos con Darlene? –preguntó Brett–. No podemos dejarla aquí.

–Lee esto –dijo Linda, sacando un cuaderno de su chaqueta y tendiéndolo a Brett–. Te ayudará a decidirte.

–¿Qué es?

–Es el diario de Denise. Te miraba siempre, aunque nunca te habló. Y yo le hablaba de ti. Mi madre bebe y Denise no quería echar a perder la vida de su hija como –Linda carraspeó, avergonzada–... Bueno, esto escribió.

Brett leyó:

Hoy he llevado a la pequeña Ángela para que Brett la encontrara. Aunque no nos conocemos, sé que tiene un gran corazón. Hará lo mejor para mi bebé. Si no puede ocuparse de Ángela, le buscará una buena familia para que la cuide. Tendría que haberla llevado a un sitio oficial, o al orfanato, pero no sé cómo se hace y tenía que actuar rápido. Hoy mi madre ha golpeado a la niña cuando lloraba y sé que todo va a ir de mal en peor. No quiero esto para mi Ángela. Brett sabrá qué hacer, porque yo ya no sé nada.

Brett dejó de leer con los ojos llenos de lágrimas.

–¿Y el padre del bebé? –preguntó con tristeza.

–Denise nunca nos dijo quién era –respondió Linda–. Sólo sabíamos que no quería saber nada de la niña y que estaba metido en líos. Parece que se ha ido a Los Ángeles.

Antes de que Brett pudiera seguir hablando, llamaron a la puerta semi abierta y dos policías entraron en el apartamento.

–Nos han llamado por un problema en la casa. ¿Quién es Michael Janos?

–Soy yo –dijo Michael dando un paso al frente–. Gracias por venir tan rápido.

–¿Has llamado a la policía? –susurró Brett, alarmada.

Pasándole el brazo por los hombros, Michael asintió.

–En cuanto hablé con Frieda y me dijo que Denise, es decir Darlene, había intentado raptar a Hope.

El oficial miró a los reunidos y a la joven atada con desagrado:

–¿Alguien puede contarme qué ha pasado?

–Es una larga historia –dijo Michael–. Esta mujer que hemos reducido es Darlene Petty y la policía la está buscando por varios atracos –añadió dirigiéndose a Brett–. Quería el dinero para marcharse de la ciudad y escapar a la cárcel –y de nuevo a los oficiales–: Se ha hecho pasar por su hermana gemela Denise, y tiene sus papeles, pero si miran sus huellas, verán que es Darlene.

Después, todo sucedió rápidamente, a ojos de Brett. Una vez que los oficiales confirmaron que había una orden de busca contra Darlene, la desataron y se la llevaron entre sus protestas.

Sólo entonces, Brett confesó sus temores a Michael.

–Siendo la tía de Hope, tendrá derechos legales, ¿no?

–No quiere a la niña, sólo el dinero –replicó Michael.

–Pero va a hablarles de Hope.

–Tienes ese diario que prueba que la madre de la niña quería que tú la cuidaras. El juez nos permitirá adoptarla, Brett, te lo prometo. No tendremos más que decir la verdad.

Y mientras se dejaba abrazar por él, Brett supo

que la única verdad que aún no podía contarle era cuánto lo amaba.

—Y vivieron felices para siempre —Brett leyó el final del cuento que le estaba contando a Hope para dormirla.

Estaba sentada en la mecedora con la niña en su regazo. Sentir la cabeza de la pequeña contra su pecho le daba ganas de llorar.

—Te quiero, Hope, te quiero tanto. Yo no conocí a mi mamá —confesó Brett en voz baja—. En realidad nunca tuve una madre, así que no sé si lo haré bien. Pero te prometo que te querré siempre, pase lo que pase. Y trataré de servirte de guía en este mundo tan loco. Pero no esperes demasiado de mí, ¿vale? Es decir, haré lo que pueda, pero el amor no siempre es suficiente.

La niña asintió como si la entendiera perfectamente.

—Por ejemplo, yo amo a Michael y eso no quiere decir —hizo una pausa y acarició el martillo de oro que llevaba colgando de una cadena sobre su piel desnuda—... no quiere decir que él me quiera a mí. Cuando casi te llevan, me sentí tan culpable. Como si Dios me castigara por pedir demasiado. Así que llegué a un acuerdo con Dios: si lograba conservarte, no pediría nada, nunca más. Y pienso mantener esa promesa. Pero no quiero que dudes de que Michael te quiere a ti, tesoro. Incluso cuando te llama cerdita, te quiere. Eres una niña con suerte por tener un padre tan bueno. Y muy pocos niños tienen papás que juegan a «este cerdito ganó la liga» con sus dedos. Lo inventó para ti. Es la manera de decirte que te quiere. O cuando no se queja cuando le babeas la camisa limpia. O la forma de celebrar todo lo que haces. Va a ser el mejor padre del mundo para ti, Hope. Ojalá pudiera darle un hijo propio. Se lo merece.

Puesto que es algo que deseo para Michael, no creo que sea romper mi pacto con Dios, ¿verdad?

Al mirar a Hope, Brett se dio cuenta de que se había quedado dormida.

Tras meterla en la cuna, Brett fue al dormitorio que compartía con Michael y le encontró sentado en el borde de la cama. La miró con unos ojos tan tormentosos que Brett se sobresaltó.

–Tenemos que hablar –dijo con voz ronca.

Brett supo nada más oírle que era algo grave, pero sólo cuando sus ojos se encontraron con el monitor sobre la mesilla comprendió lo ocurrido. El monitor de Hope. Había olvidado por completo que al vaciar su corazón con su niña, Michael podía escuchar cada palabra. La había oido.

–Ya lo sabes, te quiero –prácticamente lo gritó–. ¿Quieres pelearte por eso? –añadió poniéndose las manos en las caderas.

–Claro que quiero pelearme –dijo y le tendió la mano–. Anda, ven a sentarte.

Brett dio un paso hacia él, pero se detuvo.

–No –dijo–. Ven tú aquí.

–Como quieras –dijo Michael.

Se puso en pie, fue hasta ella y en un gesto veloz la tomó en brazos y la dejó en la cama.

–¿Cómo has podido ser tan idiota? –dijo sentándose a su lado.

–No creas que no luché para evitarlo –respondió Brett, irritada–. Debe ser culpa de esa maldita caja húngara. Eso y tus ojos increíbles, claro...

Michael le puso un dedo en los labios para hacerla callar.

–¿Cómo has podido pensar que no te quería?

Brett lo miró como si estuviera loco. Apartó su mano de sus labios y preguntó:

–¿Perdona?

–He dicho que cómo has podido pensar un solo minuto que no te quería.

–No lo sé –replicó Brett–. A lo mejor es porque nunca me has dicho nada parecido.

Michael hizo una mueca ante su comentario.

–Es verdad, no lo he dicho con palabras, pero te lo he mostrado. Te envié bellotas y te seduje en mi mesa de despacho. ¿Con cuántas mujeres crees que he hecho algo así?

–Ni idea. Y no quiero saberlo.

–Ninguna –la regañó Michael–. Te quiero.

Brett miró a su alrededor.

–¿Sigues teniendo esa caja por algún sitio?

–Olvida la caja. No estoy embrujado.

–Ya, pero no lo sabrías si lo estuvieras.

–¿Qué tengo que hacer para convencerte? –Michael habló con exasperación.

–No lo sé. A lo mejor necesito cincuenta años para convencerme.

–Hecho –dijo Michael y selló el pacto con un beso breve y una de sus sonrisas–. ¿Por qué te cuesta tanto creer que te quiero?

–Porque nadie me ha querido nunca –susurró Brett.

–Brett, hay mucha gente que te quiere. Has cambiado la vida de mucha gente.

–Eso no es nada.

–Es mucho. Ya sé que tu madre te dejó y ese bastardo de novio tuyo. Pero mírame –con un gesto delicado la tomó por la barbilla para mirarla a los ojos–. No soy como ellos. No voy a abandonarte. Si quieres creer que esa caja nos embrujó a los dos, créelo. Y debes saber que con la magia no se juega. Nos ha unido para siempre y el conjuro dura toda la vida.

–¿Estás bromeando?

–¿Parece que estoy bromeando? –replicó Michael.

Brett lo miró de verdad por vez primera y vio... vio amor en sus ojos.

—No sabía que me querías —murmuró Michael—. Hasta esta noche en que te oí confesarte a Hope.

—¿Cómo es posible que no lo supieras? —dijo Brett con incredulidad—. Si casi babeo cuando entras en el cuarto. Y te seduje la noche de fin de año.

—Eso no quiere decir que me quieres.

—Pero me casé contigo.

—Por el bien de la niña. Sabía que harías cualquier cosa por Hope, incluso casarte conmigo para conservarla.

—Yo pensé que por eso te habías casado tú conmigo. Para salvar a Hope.

—Me casé contigo porque quería que fueras mía.

Brett asintió con seriedad.

—Claro, fue el encantamiento amoroso.

—Tú me has embrujado. Fuiste tú. La forma en que iluminas la casa con tu sonrisa, tu forma de disfrutar de la vida, tu generosidad, tu cuerpo, el brillo increíble de tus ojos cuando hablas, tu risa que me parece el sonido de los ángeles... —se calló, casi avergonzado de su descripción.

—No te pares, ibas muy bien —dijo Brett con una sonrisa capaz de iluminar la ciudad de Chicago.

—¿Me crees?

—Quiero creerte.

—¿Qué lo impide?

—¿Por qué no me dijiste nunca que me querías?

—En primer lugar no sabía que tú me querías.

—¿Y estabas esperando a que yo lo dijera antes? —se indignó Brett—. Muy propio de un hombre.

—Ya te dije que no se me dan bien las emociones ni las palabras —masculló Michael—. He crecido en una familia muy emotiva y sentimental, pero siempre me guardé mis sentimientos para mí. No me resulta fácil decir esas cosas.

—¿Crees que para mí es fácil?

—Pero no me lo dijiste —replicó Michael—. Se lo

dijiste a Hope y es obvio que tu secreto estaba a salvo con ella.

—¿Cómo puedo estar segura de que me quieres de verdad?

—No puedes estar segura. Nadie está seguro. Tienes que confiar en tu corazón y vivir cincuenta años para convencerte.

El tiempo pareció detenerse cuando sus ojos se encontraron. Nadie la había mirado así, como si conociera los secretos encerrados en su corazón y tuviera la llave de su felicidad.

Con una exclamación de alegría, Brett se lanzó a sus brazos, tumbándole sobre la cama. Buscó su boca con ansia, mientras él la buscaba a su vez.

La ropa salió volando en todas las direcciones. La humedad de su boca en sus pechos la hizo detenerse en su tierna exploración de la piel de Michael. La excitación la obligó a murmurar su deseo de tenerlo dentro:

—Ahora, Michael, no me hagas esperar...

Con una dulce embestida, Michael la poseyó, y los unió en un placer que no era sólo físico. Se contuvo para asegurar su placer, meciéndose contra ella al ritmo de sus jadeos.

Brett hundió los dedos en su pelo y en su espalda, sintiéndose suspendida, colocada en el filo de un placer tan intenso que era casi doloroso, un dolor que causaba adicción y que al momento desbordó en intensas vibraciones de placer, tan intensas que tuvo que gritar su plenitud.

Pronunciando su nombre, Michael la acompañó, quedándose un momento rígido, prolongando el instante lo más posible antes de entregarse a su climax y caer en su dulce y amoroso abrazo.

—Tengo una cabaña en las montañas en Carolina del norte. Si quieres, podemos pasar ahí una luna de miel algo retrasada –dijo Michael mucho después, mientras descansaban con los cuerpos unidos y la mejilla de Brett sobre su corazón–. No es nada elegante...

–No necesito nada elegante –aseguró Brett besando la carne que tenía más cerca–. Pero si no te importa, prefiero que nos quedemos. Aquí tengo todo lo que necesito.

Alzándole el rostro, Michael la besó antes de decir:

–Si tuviera que vivir todo esto otra vez, sólo cambiaría una cosa. Bueno... dos.

–¿Qué cosas?

–Te diría mucho antes que te quiero y me casaría contigo en una gran boda familiar.

Un mes más tarde...

–Os declaro marido y mujer –dijo el padre Lyden–. Puedes besar a la novia.

Michael alzó el velo de Brett y comenzó a besarla antes de que el sacerdote diera su permiso. Cubrió sus labios con deseo y adoración. Brett ya no dudaba de su amor. Lo sabía, como sabía que cada día que pasaban juntos le quería más.

No oyó al padre Lyden carraspeando, ni se dio cuenta de que los invitados se habían puesto a reír, pero sí escuchó a su hija, Hope Ángela Janos, gritar a pleno pulmón.

–Ni siquiera se ha secado la tinta en sus papeles de adopción y ya está montando jaleo –dijo Michael separándose de ella.

–Quiere a su papá –apuntó Brett–. Y yo también –añadió con una sonrisa tierna antes de volverse hacia los congregados.

Brett llevaba el mismo vestido de la boda civil, sólo que esta vez habían intercambiado sus promesas frente a todos sus familiares y amigos. Allí estaban Juan y Linda y otros chicos del centro; la secretaria de Michael, Lorraine. Presentes y llorosos se hallaban todos los inquilinos de Love Street. Keisha era la dama de honor mientras que el guapo hermano de Michael, Dylan ejercía de padrino del novio. Toda la familia Janos estaba presente, un montón de tíos y de sobrinos que Brett esperaba conocer.

Había mucho que celebrar y mucha alegría en el ambiente. Brett era ya capaz de brindar en húngaro como una nativa y de beber de un trago su licor de la tierra, para deleite de sus suegros.

Además le había encantado el hermano pequeño de Michael, cuyos ojos mostraban un humor salvaje y aventurero. Sólo estaba preocupada por Gaylynn que acababa de pedir una baja en la escuela, aduciendo que estaba agotada. Y así era, a juzgar por su palidez y sus ojos atormentados. Gaylynn se marchaba después de la recepción a pasar unos días en la cabaña de Michael. Brett esperaba que el cambio de aires le sentara bien.

–Si no os importa, me voy a marchar –dijo la joven cuando la fiesta apenas comenzaba–. Tengo mucho camino por delante.

–Podrías esperar hasta mañana... –comenzó Michael con gesto de hermano mayor.

Brett le puso la mano en el hombro.

–¿No querías darle algo a tu hermana antes de que se marche?

–Sí –Michael dio un abrazo a Gaylynn–. Ten un buen viaje, enana. Y llévate esto contigo... –le tendió una caja de cartón cerrada.

–¿Qué es? –preguntó Gaylynn.

Sabiendo de qué se trataba, Brett sonrió cuando Michael dijo:

–No es más que un detalle del viejo país para traerte suerte.

155

Cuando se marchó, Brett se quedó pensativa y preguntó:

—¿Crees que estará bien?

—Haré que mi amigo Hunter se pase de vez en cuando a verla.

—¿No deberías haberla prevenido sobre la caja? Michael sonrió.

—Ya conoce la leyenda.

—Entonces sabe más que yo.

—¿Sigues pensando que me casé contigo por ese encantamiento?

—Lo único que pienso es que me alegra haber sido la primera mujer a la que miraste ese día.

—Eres la única mujer a la que miro —dijo Michael inclinándose para mirarla a los ojos—. ¿Seguro que no sientes saltarte otra vez la luna de miel?

Girando en sus brazos, Brett contempló a su suegra que sujetaba a Hope por una mano mientras la pequeña avanzaba hacia Consuelo. La niña no podía andar sola, pero pronto lo haría. Y Brett no quería perderse ni un minuto de su vida.

—No, no lo siento en absoluto —dijo, emocionada—. ¿Cómo iba a sentirlo cuando al fin tengo todo lo que quería en la vida?

—¿Te he dicho hoy cuánto te quiero? —susurró Michael en su oído.

Esta vez, Brett se sentía de verdad casada.

—Espero que la caja le dé a tu hermana tanto amor como nos ha dado a nosotros —susurró mientras se dejaba abrazar por su marido.

Deseo®...
Donde Vive la Pasión

¡Añade hoy mismo estos selectos títulos de Harlequin Deseo® a tu colección!

Ahora puedes recibir un descuento pidiendo dos o más títulos.

HD#35143	CORAZÓN DE PIEDRA de Lucy Gordon	$3.50 ☐
HD#35144	UN HOMBRE MUY ESPECIAL de Diana Palmer	$3.50 ☐
HD#35145	PROPOSICIÓN INOCENTE de Elizabeth Bevarly	$3.50 ☐
HD#35146	EL TESORO DEL AMOR de Suzanne Simms	$3.50 ☐
HD#35147	LOS VAQUEROS NO LLORAN de Anne McAllister	$3.50 ☐
HD#35148	REGRESO AL PARAÍSO de Raye Morgan	$3.50 ☐

(cantidades disponibles limitadas en algunos títulos)

CANTIDAD TOTAL	$_____
DESCUENTO: 10% PARA 2 O MÁS TÍTULOS	$_____
GASTOS DE CORREOS Y MANIPULACION	$_____
(1$ por 1 libro, 50 centavos por cada libro adicional)	
IMPUESTOS*	$_____
<u>TOTAL A PAGAR</u>	$_____
(Cheque o money order—rogamos no enviar dinero en efectivo)	

Para hacer el pedido, rellene y envíe este impreso con su nombre, dirección y zip code junto con un cheque o money order por el importe total arriba mencionado, a nombre de Harlequin Deseo, 3010 Walden Avenue, P.O. Box 9077, Buffalo, NY 14269-9047.

Nombre: _____

Dirección: _____ Ciudad: _____

Estado: _____ Zip code: _____

Nº de cuenta (si fuera necesario): _____

*Los residentes en Nueva York deben añadir los impuestos locales.

Harlequin Deseo®

CBDES1

Costumbres tan simples como beber leche envasada o ducharse con agua caliente eran casi un lujo en el rancho de Parish Dunford. Para Gina aquello era una pesadilla, pero Parish le ofreció elegir: sólo una ducha al día, o compartirlas con él...

La idea era increíblemente seductora. Parish era atractivo, seductor y todo un hombre. Gina no podía evitar tener fantasías eróticas con él. Eran completamente opuestos: ella llevaba ropa de diseño, él llevaba botas de vaquero. Pero de alguna manera Gina sabía que esas botas iban a terminar en su dormitorio...

Un placer primitivo

Alison Kelly

PIDELO EN TU QUIOSCO

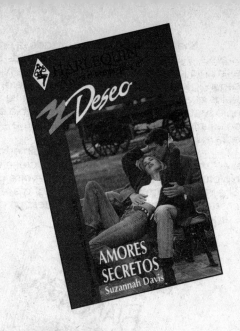

Travis King sabía que su antigua amiga Mercy estaba fuera de sus expectativas, sobre todo si quería conservar el secreto de su pasado. Además, Mercy era de las que se querían casar y Travis no quería abandonar su independencia y su vida nómada por una mujer. Aunque aquella irresistible doctora estaba calándole cada vez más hondo...

PIDELO EN TU QUIOSCO

Shelley Clarke se había casado la primera vez por amor y la segunda vez por seguridad. Su primer matrimonio la había dejado con su querida hija, Emma; el segundo la había dejado sin casa, sin dinero, ¡y teniéndoselas que ver con la ira de Saúl Rainer! Su supuestamente seguro y anodino marido, Colin, había desaparecido... junto con todos los ahorros de Shelley y más de medio millón de libras de Saúl Rainer.

Su matrimonio con Colin, ¿había estado basado en mentiras? Saúl Rainer parecía creer eso, pero tenía otra cosa en la cabeza, ¡quería llevarse a la cama a Shelley! El peligrosamente sexy magnate era ciertamente tentador, pero aunque Colin fuera un delincuente, seguía siendo su marido... ¿no?

Esposa de otro hombre

Susanne McCarthy

PIDELO EN TU QUIOSCO